妖怪公寓 2

妖怪アパートの幽雅な日常

香月日輪

佐藤三千彥◎圖　紅色◎譯

歡迎光臨 妖怪公寓

角色介紹

妖怪公寓（又稱『壽莊』）：

是一棟看起來非常古舊、彷彿隨時會倒的老房子。在這棟房子的結界內，原本看不見的東西會變得比較容易看見，原本摸不到的東西也會因此而摸得到。好幾層次元在此重疊、交錯，也因此，這裡變成了附近所有妖怪的『社區活動中心』！

房東先生：

長得像顆特大號的蛋，矮胖的身體上有一對細小的眼睛。烏黑的身上穿著白色和服、纏著紫色腰帶。而那小得不能再小的可愛雙手上，抓著寫有租金的大帳簿。

【一〇一號房】麻里子：

性感的美女幽靈，有著大大的眼睛、可愛的鼻子，身材好得讓人噴鼻血！但因死了太久，常忘記自己是女人，全身光溜溜地走來走去。

【一〇二號房】一色黎明：

人類。他是詩人兼童話作家，作品風格怪誕，夕士是他的頭號粉絲。他有一張有點痴呆、像小孩的塗鴉般簡單的臉。

【一〇三號房】深瀨明：

人類。他是畫家，養了一隻大狗西格。他常常全身上下裹著皮衣、皮褲，騎重型

角色介紹

機車，以打架為消遣……不管怎麼看，實在都像個暴走族。

【二〇二號房】稻葉夕士：人類，条東商校的學生，將升上二年級。國一時爸媽車禍過世，變成孤兒的他個性也變得很壓抑。原本因貪便宜而住進『妖怪公寓』，結果從此卻愛上了這裡。

【二〇三號房】龍先生（目前行蹤成謎）：人類，是莫測高深的靈能力者，妖怪見了就怕。他看起來永遠都是二十四、五歲，身材修長，一頭飄逸長髮束在身後，是個非常有型的謎樣美男子。

【二〇四號房】久賀秋音：人類，鷹之台高校的學生，將升三年級，兼當修行中的除靈師。個性活潑開朗，食量奇大無比！看起來是個普通的美少女，但是兩三下就能把妖怪清潔溜溜。

【二〇八號房】佐藤先生：妖怪，在一家大型化妝品公司工作了二十年，誇口自己在女職員之間人氣No.1！

【二〇九號房】山田先生：妖怪，負責照料妖怪公寓的庭園，模樣像個圓滾滾的矮小男人。

角色介紹

舊書商（剛從外地回來）：

咖啡色頭髮垂肩，戴圓框眼鏡。身上穿著舊舊的牛仔裝，皮帶頭上扣著銀色扣環，還戴了項鍊和手環，長滿鬍碴的嘴邊叼著菸，感覺就像是古時候的流浪漢。

骨董商人（目前行蹤成謎）：

『自稱』是人類，身旁跟著五個異常矮小的僕人。輪廓很像西方人，留著短短的八字鬍，左眼戴了一個大眼罩，右眼則是灰色的。給人的感覺相當可疑。

琉璃子：

妖怪，是妖怪公寓裡的害羞天才廚娘，做的料理超～級美味！總是隱身在廚房裡，永遠只看到她忙著做飯的『一截』纖纖玉手。

小圓：

處於靈體物質化狀態。年紀大約才兩歲，眼睛圓滾滾的，長得很可愛，但身世淒涼，令人鼻酸。身旁有一隻也是處於靈體物質化狀態的狗——小白忠心守護著。

長谷泉貴：

從小和夕士是死黨，也是夕士唯一的朋友，他心思細膩，和天真的夕士個性完全相反。以頂尖成績考上升學名校的他，野心是奪走自己的老爸位居要職的公司。

這裡越來越好玩囉！

目錄

春天來了

叩、叩、叩、叩，微弱的聲音把我吵醒了。

三坪大的房間、佔滿一整面牆壁的書櫃，還有從窗戶上半部的彩繪玻璃透出來、穿過窗簾灑在棉被上的彩色光線。

我突然跳了起來，心臟撲通撲通地猛跳。

『對了……我回來了……』

一種無法形容的心情湧了上來。然後，窗戶又發出了叩叩叩的聲音。我拉開窗簾一看，發現窗邊停著三隻琉璃色的漂亮小鳥。打開窗戶之後，小鳥們齊聲說：

『歡迎你回來！』

『……哈哈！』

一年前，我根本無法想像這裡竟然是『那種地方』，看到房東而昏倒的我，隔天早上還以為自己作了什麼奇怪的夢，那個時候，這些小鳥們也對我說了：『早安。』

對呀！從那之後已經過了一年。而我也回來了──回到這棟妖怪公寓！

『我回來了！』

我對著小鳥以及所有棲息在這棟妖怪公寓裡的妖怪們說。

我回來了！我一直好想回來這裡哦！能夠回來，真是太讓我高興了。

我是稻葉夕士，即將升上条東商校二年級。

爸媽過世之後，我在親戚家度過了國中三年的時光。開開心心地考上有學生宿舍的条東商校沒多久，那棟學生宿舍就因為火災全被燒光了！無論如何都想要離開親戚家的我，便開始找房子，然後就像是被某種東西引導似的，我來到了這間『壽莊』。

位在住宅區、可稱得上感覺詭異的老舊西式二層樓公寓──壽莊，從外觀看來就非常適合『妖怪公寓』這個稱號，（實際上，附近的人也都叫這個地方『妖怪公寓』。說『壽莊』這個名字，大概也沒人會知道吧？）而這裡也真的是貨真價實的妖怪巢穴。

『房東』是黑坊主。在又黑又大、像顆蛋的身體外面包裹著白色和服的房東出現時，總是用那雙和體型完全不成比例的小手拿著一本大大的帳簿。

負責幫所有房客準備伙食的，是只有一雙手的幽靈琉璃子。在她還是人類的時候，曾經夢想能夠擁有一間自己的餐廳，所以她做出來的料理當然是好吃得沒話說。

擁有令人血脈賁張的超級模特兒身材和長相的麻里子，是個放棄投胎轉世、在『妖怪托兒所』擔任保母工作的幽靈。那裡好像是專門照顧幽靈、妖怪的小孩的地方。既然都有妖怪公寓了，有妖怪托兒所應該也不奇怪吧！更何況某些醫院裡面還有專門讓妖怪掛號的『神靈科』呢！我是還沒聽過，不過我相信絕對有讓妖怪的孩子上學的『妖怪學校』。

明明是妖怪，還以人類的身分在大型化妝品公司擔任會計課長的是佐藤先生。

小圓和小白是幽靈小孩和幽靈狗。被親生母親虐待而死的小圓，在這棟公寓的所有房客疼愛之下，靜靜等待投胎的那一刻來臨。總是黏在小圓身邊的小白，是小圓的『養母』。而有時會來看小圓的另一個養母『小茜大姐』，是侍奉山神的靈獸

——用兩隻後腳站立、走路的狼。

光是列舉出這些成員，就已經讓人覺得不可思議了，但其實公寓裡還有更多不知道是幽靈還是妖怪的不明東西。

不管什麼時候看到她都在打掃某個地方的鈴木婆婆、興趣是園藝的山田先生、在玄關迎賓送客的華子、總是在起居室裡打麻將的類似鬼的那些傢伙、在餐廳裡靜靜坐著的老爺爺，還有爬行的東西、飄浮的東西、像影子一樣的東西、發亮的東西……種類五花八門。

那麼，這裡有沒有人類呢？有啊！而且在這裡的人類，全都是不輸給妖怪的猛者。

首先是詩人兼童話作家一色黎明，他已經在這棟公寓住了十年以上了。從那副像小孩子塗鴉一樣的呆滯表情中吐出來的高深莫測的言語，有時候會讓我感到驚訝萬分。真不愧是寫出高尚又難懂的詩以及唯美的成人童話、擁有部分偏執狂熱書迷的怪怪作家。

這個詩人的老朋友深瀨明，是個活躍又力量十足的前衛藝術家，乍看之下很像暴走族的他，同時也是個會騎著重型機車、帶夥伴狼犬西格到處旅遊的浪人畫家，還經常在個展會場上演全武行（也有畫迷是專門去看他大展拳腳的）。

一個人離開故鄉、獨自生活的久賀秋音，已經是鷹之台高校的三年級學生了。她是儲備『除靈師』。為了磨練與生俱來的靈能力，她從小就在故鄉的修行道場修練，現在則在鷹之台的月野木醫院『神靈科』修行打工。白天要去高中上課，晚上必須在妖怪醫院工作的她，能睡覺的時間非常少，是個食量比一般人大三倍的活力少女。

謎樣的靈能者——龍先生。他的身材高䠷纖瘦，總是將一頭黑色長髮綁在後頭，穿著黑色長大衣和黑長褲，看起來就像是演藝圈或是時尚界的人，是個美男子。每當他在公寓現身的時候，吵吵鬧鬧的妖怪們全都會靜下來，簡直像摩西在電影『十戒』當中過紅海一樣『啪』地讓出一條路，讓我深刻體會到什麼叫做『高段的靈能者』。但是就像詩人說的：『他應該是人吧！』一樣，龍先生身上的謎實在太多了，他究竟是不是人類，還是讓人覺得有點可疑。

說到可疑，我就不得不提『骨董商人』了。他有一雙灰色的眼睛、短短的鬍

子，是個日文流利的外國人（國籍不明），實際身分是個往來各次元，進行古今中外寶物買賣的詭異商人。他總是帶著五、六名個子矮小的『隨從』從某個地方突然出現，然後又在不知不覺間失去蹤跡。我實在很難想像兜售著『人魚的眼淚』、『獨角獸的角』之類商品的他是個人類。不過，這種行為確實很像人吧？

怎麼樣？都是一些非常適合住在『妖怪公寓』裡的角色吧！

這些妖怪和人物完全打破了我原本慣有的想法。爸媽過世之後，在親戚家忍氣吞聲過日子、固執地強迫自己堅強面對殘酷的世人和現實的我，原本狹窄的世界全被打破了。他們告訴我世界是更遼闊的，要用更寬廣的角度去看待自己的未來和自己的可能性。

我曾經一度因為想以『普通人』的身分過『普通生活』而離開了公寓，然而當我想著：『普通是什麼？』的時候，就發覺自己非得回來這裡不可。我想從『這裡』的角度看看人類的世界。

去年九月，我搬離這裡半年。開始放春假之後，我馬上就飛也似的回來了。大家彷彿早就知道我會這麼做一樣，熱烈歡迎我的歸來。

『昨天晚上琉璃子的料理真是……太好吃了～』

從今天開始，我又可以每天都吃到琉璃子的夢幻料理了。一想到這裡，我的肚子就叫了起來。

我從窗戶看著妖怪公寓的前院，盛開的櫻花美麗極了。這個庭院的櫻花樹會不停地綻放各個種類的櫻花，開了謝、謝了又開，足足可以讓人享受一整個月的櫻花季。不過，這裡的櫻花樹就只有這麼一棵而已哦！

聽說公寓的腹地位在特殊的結界之中，可以跟各個次元連接。地底下的天然洞窟溫泉也像是別個次元的產物。對啊！在這種住宅區的正中央，怎麼可能會有地下洞窟溫泉嘛！

公寓裡面也有一些我還不知道的房間。而且公寓的房客中，同樣也有很多我還不認識的人類和妖怪。我現在非常期待和這些妖怪、人類見面。接下來會發生的各種情況，也讓我期待得不得了。

『不過在那之前，我要先吃早餐才行。吃完早餐再說吧！』

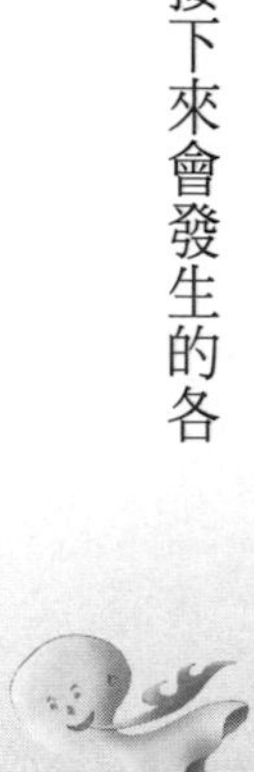

鈴木婆婆今天也一樣熱心地擦著走廊地板。

『早！』

我打完招呼之後，鈴木婆婆那雙跟阿多福面具一樣的眼睛又更彎了，她向我點頭致意。

走到洗臉台，我剛好看到穿著深藍色西裝的佐藤先生在整理儀容。

『早啊！夕士。放春假你還這麼早起啊？』

『早。因為我不能錯過琉璃子做的早餐啊！』

『琉璃子無論什麼時候都可以端出熱騰騰的料理給你吃啦！』

在『SOIR』這家大型化妝品公司上班二十年的資深課長佐藤先生，瞇著眼睛笑了笑。佐藤先生以人類的身分在各個公司工作——因為他喜歡『以人類的身分生活』。

餐廳裡充滿了可口的味道。詩人和圓滾滾的山田先生正在吃早餐。

『早安。』

『早啊！夕士。這麼久沒回來，昨晚睡得好嗎？』

『昨天因為太高興、太興奮了，我沒辦法馬上睡著。』

『太誇張了吧！』

大家都笑了。我突然感覺到腳邊有什麼東西，低頭一看，小圓和小白肩並肩地抬頭看著我。我抱起了小圓。

『好久不見了，小圓。過得好嗎？』

幽靈可能沒什麼好不好的吧！不過我還是忍不住這麼問。我摸摸小圓的頭，享受著短短毛髮的柔軟觸感。小圓鼓著圓圓的粉紅色臉頰，用那雙清澈、骨溜溜的雙眼皮大眼睛（所以詩人才會幫他取名叫小圓）直愣愣地看著我。小圓不會說話，但是我感覺到他在表示歡迎我回來。證據就是：他一直看著我的臉。

『一起吃早餐吧！好不好？』

我抱著小圓，在詩人旁邊坐下來。大家都笑咪咪地看著我，讓我覺得有點不好意思。

那麼，來說說半年沒吃到的『琉璃子早餐』吧！

香魚魚乾、煎蛋捲、嫩煮春筍、春產甘藍菜肉捲、鮒仔魚味噌湯。醬菜是糠漬甘藍菜❶。白飯當然也是熱騰騰的。

『哇……該怎麼說呢？真是充滿了春天的氣息啊！』

『春天嘛～你看這個春筍多嫩！』

海裡或是山上的妖怪會將各式各樣的當季食材送到這棟公寓來。據說有很多妖怪是靠種田、捕魚維生的。或許它們還會混在人類之中，去市場參加競標也說不定。

『琉璃子，好好吃哦！』

筍和甘藍菜的鮮度讓我感到陶醉不已。昨天晚上的鮈仔魚湯也很好喝，不過味噌湯更棒。春天的香味在嘴巴裡擴散開來。細心地將湯汁去蕪存菁、留下深層的高級味道，正是琉璃子的拿手絕活。

只有雙手的琉璃子，在廚房裡頭害羞地扭著手指。最讓琉璃子感到高興的事，莫過於自己做的料理被人稱讚好吃了——這是她生前的夢想，只不過還沒實現就過

❶糠漬是以米糠為原料做的醃漬蔬菜，各種蔬菜都可以醃哦！只是米糠容易腐壞，必須每天攪拌，夏季氣溫高時，甚至每天早晚都要各攪拌一次。

世了。

『我還是第一次吃到香魚乾呢！完全沒有腥味耶！』

『不要全部吃完，留一半，待會兒拿來加在茶泡飯裡也很棒哦！』

『哦？那也不錯耶！』

『真是的～這個糠漬甘藍菜實在太好吃了。』

因為每一道菜都太可口了，我忍不住拚命地吃，完全忘了小圓的存在。我夾了一小口煎蛋餵他吃。小圓是幽靈，所以吃了也不會再長大，不過對好吃的東西似乎還是會有感覺，他沉默地催促我多給他一點。

『我回來了——！早——！肚子好餓哦——！』

一整個晚上都在妖怪醫院工作（不過我不知道到底在做什麼）、只睡三個小時的秋音回來了。不過，她的聲音還是活力十足。

『呀——這個甘藍菜肉捲太好吃了！』

食量比平常人大三倍的秋音，簡直像是要連盤子一起吃掉似的狼吞虎嚥。會在早餐就吃下三大碗飯的高中女生，大概只有她了吧（而且之後還吃了一個巨大的紅豆麵包當點心）！

『妳的食慾還是老樣子，跟男人沒兩樣呢，秋音。』

『夕士才是，不吃多一點不行哦！一陣子沒看到你，就瘦下來了。』

『因為其他地方的食物都比不上這裡的好吃嘛！』

我苦笑說。離開這棟公寓半年來，我遇到了很多不好受的事。不過就是因為發生了那些事情，我才能再回到這裡。

『我差不多該去上班囉！』

佐藤先生拿起公事包夾在腋下，走出了家門。

『慢走！』

我繼續吃香魚茶泡飯，秋音則是大口扒著第三大碗白飯。詩人小口喝著餐後的茶，山田先生在看體育報紙。這是個和往常一樣的早晨，我也因此覺得很高興。

起居室旁的緣廊上散落著大量的櫻花花瓣，我坐在那裡享受著櫻花的芬芳。空氣中雖然還帶著一點點寒意，不過陽光很溫暖，藍天下盛開的櫻花顯得相當美麗。

小圓枕著將身體蜷曲成一圈的小白，沉沉睡著。白天，打麻將的鬼都不在，起居室裡顯得特別安靜。我在緣廊上躺下來，櫻花瓣片片飄落在我的臉上。

『啊……好漂亮哦！』

我優閒地想著，品味這幸福的時刻。就在我這麼呆呆地望著櫻花時，一個披著黑色長髮、穿和服的女人，緩緩地以倒吊的姿態從櫻花樹上現身，翻白眼看著我這邊。

『……』

這下才真正讓我充分體會到妖怪公寓的氣氛了。聽說壞東西不太會出現在這裡，所以那個女人應該也不是什麼惡靈吧！不過，我還是希望她不要像屍體一樣倒吊著。

轟轟轟轟，摩托車的引擎聲傳了過來，是畫家旅行回來了。我飛快地跑向玄關。

『阿明先生！』

『喲！夕士。』

『歡迎回──』

在『來』說出口之前，我就被畫家的愛犬西格給撲倒了。西格擁有狼的血統，直立起來大概有一百六十公分高，體重也有五十公斤。牠就用這體型把我壓倒，大大的舌頭舔著我的臉。

『我知道、我知道了，西格。好啦！夠了啦！西格！』

頂著一頭蓬亂的咖啡色頭髮、身穿黑色騎士皮衣、胸口掛著的美軍軍籍牌哐啷作響──主人的裝扮怎麼看都像暴走族。看著我和西格，主人露出了開心的笑容。西格記得我呢！

『歡迎回來，深瀨～』

『喲！黎明。這是禮物，拿去吧！』

『哇，地方酒！』

『這可好喝了。我們趕快來喝一杯吧！夕士，這個是給秋音和你的。』

畫家丟了一大包東西給我，我得用雙手才抱得住。

『哦~是蕎麥麵！』

『這也很好吃哦！叫琉璃子煮給你吃。』

『嗚哇~好期待哦！』

『啊！阿明先生，歡迎回來。』

『秋音，蕎麥麵、蕎麥麵！』

就在我們吵吵鬧鬧的時候，那傢伙突然出現了。

『謝謝各位，大~家~好。好久不見了。』

迎面而來是一個穿著寬鬆和服的身影。他腰上那條深藍色圍裙印著白色(藥)字樣，背上有個用深咖啡色澡堂布包起來的大行李，腿上纏著綁腿布，腳上踏著雙草鞋，十足古代行商人❷的模樣。然後……

『哦！是藥商先生，好久不見。』

這個被稱作『藥商』的男人（？）的臉……用深藍色的布緊緊包住（這也相當有古風）的那張臉……

『へのへのもへじ的文字臉……？』❸

我愣住了，這張臉跟在白紙上畫出來的『へのへのもへじ』完全一樣。

『你～好，這次真的是好久不見了呢！』

『正好，我的創傷藥用完了。』

『啊！我也是。』

『深瀨先生的創傷藥總是用得特別快呢！』

藥商走到緣廊，將背上的行李攤開來。裡面是一個柳條編織的大行李箱。

『啊，龍先生有拜託我幫忙買東西。我去拿單子過來。』

秋音說完之後，跑上了二樓。

『哎呀！這邊這位是初次見面吧？』

『文字臉』看著我。果然，不管怎麼看都是『文字臉』。

❷行商人就是帶著貨品到處兜售的商人。

❸這是指用『へのへのもへじ』這七個日文平假名畫出來的臉，可以算是日本『顏文字』（用文字和符號組成表情圖案）的始祖。

『他是去年在這裡住過半年的男生，昨天又回來了，名字叫做稻葉夕士。』

『哎呀呀！住在這裡很舒服，對吧？』

『這位是藥商先生，一年會來這裡做生意一、兩次。』

『請多多指教。』

『你、你好。』

『這些藥很有效哦！要不要買些腸胃藥或是創傷藥，夕士？』

『不不不，你過獎了，一色先生。』

那個『文字臉』上半身向前彎得低低的，非常有禮貌地答謝。對於做生意的人來說，他的表現可能真的是滿分了，不過……

『夕士，你的臉僵掉了哦！是不是有什麼話想說啊？』

畫家硬憋著笑說。

『嗯……那個……藥商先生……』

『是。請問有什麼問題嗎？』

『那、那個……你的臉……是……面、面具……嗎？』

隔了一段很『奇妙』的時間之後，藥商笑了。

『哎呀！真是不好意思。是的，這是面具哦～』

『啊，果然是～什麼嘛！說得也是，是面具嘛！』

我們大笑出聲。可是……

『為什麼你要戴這種面具啊？』

我問不出這個問題。

藥商將包著臉的布鬆開，確實是露出了一張『文字臉』的面具。在他光溜溜的禿頭上，只有三根頭髮，皮膚和面具一樣像紙般白皙，脖子還長得很詭異。

『哎呀～這張面具也舊了啊？我還是再換一張新的面具吧！』

藥商好像真的很害羞地說著——不對！問題不在這裡吧！

『我喜歡這個哦～』

同樣擁有『小孩子塗鴉的臉』的詩人說。至於畫家，則是從剛才開始就一直捧腹大笑。

藥商賣的藥當然不是在鎮上看得到的東西，感覺全是親手製造的。總之，就像

是『富山的賣藥商人』❹那樣吧！

『來，這是「蜈蚣油」，是創傷藥，要塗在傷口上哦！這是「王獏」，腸胃藥，一天三粒，我已經分開包裝了，記得配溫開水服用。』

總之，我先買了他推薦的兩種藥。這兩種藥都只要五百圓，非常便宜。蜈蚣油是裝在扁扁圓圓的銀罐子裡的黃色藥膏，王獏則是黑色小顆粒，用半透明的紙包成三粒裝。詩人對我說：

『這個這個～這個石蠟紙很棒。在市面上賣的藥或是醫院的藥裡面，已經很少看到用這種石蠟紙來包了。撕破這種紙的時候，觸感很好哦！』

『哦，原來是這種東西呀！』

說到藥效，這種看起來像中藥的藥感覺比較有效。藥商的柳條行囊中，全都是我沒看過的藥。裝在瓶子裡某種樹根狀的不明物體、不知道摻了什麼的變色液體，因為沒有包裝外盒，所以我根本不知道這些東西是什麼……全都很詭異。

『這個啊～「熊殺」，這是能量補充劑。』

『感覺不像是藥的名字。』

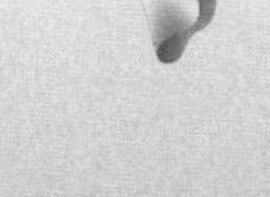

『這裡還有很多藥材哦！這個是蟬蛻下來的殼～』

『這、這種藥是治什麼病的啊？』

『中耳炎。磨成粉以後混在藥膏裡用塗的。』

『哇！』

我不禁滿心欽佩。詩人在一旁笑著說：

『這就叫magia naturalia❺……對吧？全都由大自然的東西製成的「大自然魔術」，以前的醫學就是這個樣子。』

詩人說出來的話，總是那麼多愁善感。藥商兜售的藥品，似乎也全都是利用大自然的東西製成的。以前，所有的人都是透過這些藥治療疾病和創傷。

『會買這些藥的也只有妖怪嗎？』

我問。藥商的『文字臉』面具點點頭，我總覺得那張面具上隱約露出了某種表情，這是我的錯覺嗎？

❹日本富山縣自古以來就以製藥聞名。早期的富山藥商就是手提柳條行李箱挨家挨戶地推銷自製的藥。

❺這是拉丁文，意思是指神奇的自然物質。

『妖怪會生病、會受傷，其中也有妖怪會對化學藥物產生排斥反應。不過這十年來，想要買這些藥的人類也變多了。』

不只是妖怪，人類的身體也會排斥化學藥物。『過敏』現在也成為社會的嚴重問題。這種狀況，在以前一定沒有吧！

『我找到單子了。這個這個，嗯……』

秋音將龍先生託她代買的藥單拿了下來。高段的靈能者會買什麼樣的東西呢？

『烘乾的壁虎、青蛙眼珠、蠑螈的心臟，還有蝙蝠翅膀、毒蛇肝……』

『是是是，都有哦~』

藥商從柳條行囊中一一將商品拿出來。

『……龍先生也會使黑魔法嗎？』

『靈能者做的事情我不懂。』

詩人淡淡地笑著說。

『啊，我趕快來用用蜈蚣油吧！我的指甲邊邊有點脫皮了。』

我這麼說完之後，藥商接著對我說：

『啊！我有ＯＫ繃，防水加工，透氣型。』

『是最新款的嗎？』

那正是市面上賣的ＯＫ繃。

『什麼嘛！原來你也有賣這種東西。』

『有啊～因為最近的醫療用品都很方便。你看你看，彈性繃帶，這款不用釦子也能黏得很牢，真的很方便呢！』

『嗯，我工作的醫院裡面也在用。真的「啪」就黏住了哦！真是幫了我一個大忙。』

藥商和秋音互看著點點頭。

我的觀念改變了——原來妖怪的世界也會進化。並不是所有的妖怪都像古時候一樣，在葉子上塗蟲子藥之後用藤蔓綑住來包紮傷口。

枕著小白睡覺的小圓醒了過來。

『哦！小圓寶貝，你醒來啦？來，這是最新的點心。』

藥商說完便拿出一個圓圓的、像紅寶石一樣漂亮的棒棒糖，跟小圓一直拿在手

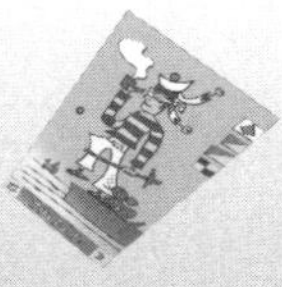

上的漩渦狀糖果交換。小圓馬上開始舔起新的糖果了。小白也在旁邊一起舔著。
『這就是所謂的靈體營養補給品，能讓靈體和靈位處於安定狀態。』
『哇～還有這種東西！』
隔了半年再回來這裡，馬上又見識到令我大開眼界的東西了。
你的人生還很長，世界也無比寬廣。放輕鬆一點吧！
龍先生的話在我的腦海中浮現。
『你接下來要去哪裡呢？藥商先生。』
『接下來要到不入山神社的裡明神那裡去，拜訪貓又婆婆的家～』
『貓又……是貓妖怪嗎？』
『婆婆可是有千歲高齡了哦！』
『千歲?!』

不入山神社離這裡很近。沒想到那裡竟然有一隻活了千年的貓妖怪……世界實在太大了，就算放輕鬆一點，我還是只有驚訝的份，累死人了。

『婆婆特別喜歡這個「熊殺」。這能夠成為婆婆的活力來源，真是讓我感到萬分榮幸。』

『喝能量補充劑的老太婆感覺真是恐怖呢！』

畫家哈哈大笑。

『太失禮了，阿明先生。對方可是神明哦！』

『神明喝能量補充劑會有效嗎？』

我問秋音。

『婆婆是貓咪的變形，所以還是有肉體的。』

『哦哦……嗯。』

我還是似懂非懂。

『那麼我在此就先告辭了，竭誠希望各位再度愛用～』

藥商邊點頭邊鞠躬離去了。

才剛回來，你就突然給我來一記下馬威啊！妖怪公寓，真有你的。

今天晚上，我一定會夢到那張『文字臉』的。絕對會。

『來來來，準備喝酒、準備喝酒了！』

『櫻花盛開～就來喝個賞花酒吧！』

兩個大人開開心心地忙著，我和秋音則相視而笑。兩個不能喝賞花酒的小孩子，還是回到房間裡等中餐吧！

走上二樓時，我突然感覺到空氣中有陣騷動。我停下腳步，想知道是怎麼回事，結果一些很恐怖的聲音隨即從我耳邊飄過。

『是房東……』

『房東來了……』

『房東？』

『房東來了哦……』

『啊……來收房租的嗎？』

房東先生似乎在起居室現身了，我聽到他和詩人、畫家的對話。

『我才剛旅行回來，所以手上完全沒有萬圓鈔票啦！』

『我也是。等到下週我再給你吧～♪』

實在很難想像他們是在對妖怪說話——居然跟妖怪拖欠兩萬五千圓?!

『不過說歸說，我也忘了今天要繳房租……』

雖然手頭上有錢，不過要是今天付了房租的話，我明天就沒錢用了。難得要跟長谷去玩的說……而且明天是星期天，從ＡＴＭ領錢還得扣手續費，我最討厭這樣了。

『只好請房東先生再跑一趟了……』

我靜靜地回到房間裡，鎖上門。

慢慢地、慢慢地，我感覺到房東先生接近我的房間了。叩、叩、叩，他敲了敲門，不過我裝作沒聽見。

『……』

過了一會兒……他是不是放棄了呢？正當我這麼想的時候，耳邊傳來了『姆呢姆呢姆呢』的奇怪聲音。

『什麼聲音啊？』

我四處張望。這時，門開始微微震動。

我驚訝地看著門下方——房東先生正打算從門和地板之間不到半公分的細縫鑽進我房間。我跳了起來。

『哇——！對不起、對不起。我付，我付就是了，你別從那種地方進來啦！』

突然想到變成黑色圓餅狀的房東先生，我不由得全身起了雞皮疙瘩。我趕緊跪下來，結果被房東先生大罵：別做這種沒意義的事！

『真白痴，假裝不在怎麼可能行得通啊？』

在餐廳裡，秋音也罵我。

『我在反省了啦！』

看來要像詩人和畫家那樣，我還差得遠呢！

那兩個不良房客從剛才開始就一直在起居室喝賞花酒。而我們兩個小孩子面

前，也準備了豐盛的餐點。琉璃子用兩種不同的料理方法烹調畫家帶回來的蕎麥麵——混著蝦仁泥的沾醬涼麵，以及炸烏賊和春天時蔬的天婦羅蕎麥麵。兩種料理都裝在小小的碗裡，可以自由享用。旁邊還放了可愛的圓形壽司，有鯛魚、鮭魚和爽口的醃蘿蔔三種口味。

『好漂亮～好可愛哦！』

『真好吃！』

我和秋音簡直就像參加『一碗接一碗蕎麥麵大賽』的選手一樣（尤其是秋音）。詩人和畫家也趁著蕎麥麵被我們吃完之前，暫時放下酒杯，先進來吃麵。

『噢～這個蕎麥麵和豆泥交融在一起，真是美味極了。』

『天婦羅也超好吃的，又酥又脆。』

就在我們欽佩著琉璃子的廚藝時，餐廳入口突然傳來了『咚！』的一聲悶響。

我朝入口望去，看見一個褐色長髮及肩、戴著圓框眼鏡的男人。他身上穿著又舊又縐的牛仔裝，咖啡色皮帶配上銀色扣環，身上戴著藍色石頭的項鍊和手環。他

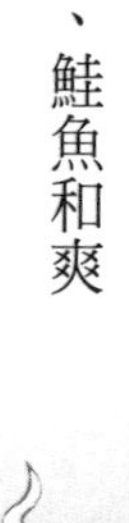

嘴邊長滿鬍碴，嘴上還叼著短短的香菸，感覺就像是古早時候的浪子——現在的說法應該是街頭藝術家吧，像是在夜晚的鬧區街頭畫畫或是賣藝品的人。只見那個人微微發抖著。

『啊！舊書商先生！』

秋音大叫。

『哦哦！你還活著啊？』

『一年不見了……還是更久？好久不見啦！』

看來他好像也是這裡的房客。大概是去旅行了吧！發出『咚』一聲的東西，就是那個老舊的行李箱。

舊書商先生仰天高喊：

『是高湯的味道！』

接著他衝到我們的桌子旁邊，看著上面擺著的料理又叫了出來：

『蕎麥麵！壽司！日本料理！』

他這麼喊完之後，便當場癱坐下來。

琉璃子將滷蘿蔔端到奮力吃著蕎麥麵和壽司的舊書商身邊。舊書商抓著她的手，熱烈地親吻著。

『真是太棒了，琉璃子，妳最棒了！妳真的是最厲害的廚師！這一年半，我多麼想念妳的料理呀！有飯嗎？米飯！我要吃白米飯……還有醬菜！』

琉璃子高興地扭著手指頭。

『一次吃太多的話，可是會鬧肚子的喲！舊書商先生。』

秋音這麼說，然而舊書商卻瞪大了眼睛。

『肚子壞掉也無所謂啦！總之，我現在就是要用這些美味的料理把肚子塞得滿滿的。』

『你之前到哪去了？』

一口喝乾畫家倒的酒之後，舊書商露出了打從心底覺得好喝的表情。

『一直從非洲旅行到中東啊！而且還全是鄉下地方。別說日本料理了，連一點～點好吃的東西都沒有。啊～這酒真是好喝！』

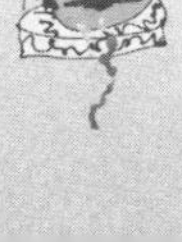

琉璃子又端出了熱騰騰的白飯，以及糠漬甘藍菜、小黃瓜，還有滷鱸魚。舊書商連鱸魚的骨髓都吸乾了。

『……琉璃子，還有飯嗎？』

說這句話的人是秋音。她好像是因為看到舊書商吃得津津有味，所以才跟著想吃的——妳還能吃啊?!

『大家都叫你舊書商，是因為你在買賣舊書嗎？』

舊書商含著滿口白飯點點頭，算是回答了我的問題。

『你這次找到了什麼書？』

詩人問。舊書商將口中的食物一口氣吞了下去，然後說：

『我聽說有一本混合了原始基督教和非洲土著信仰，名叫《黑暗瑪麗亞》的咒術書，所以就在那一帶打聽了一下，還是沒有找到。不過倒是發現了很多有趣的書，像是《死海文書》、《探求之書》、《多元記述法》之類的。』

曾經聽過的書名讓我嚇了一跳。

『那、那不是沒人能確定是不是真實存在的、超有名的魔法書……』

舊書商瞇起了圓框眼鏡後面的眼睛笑了一笑。

『的確存在哦！《死靈之書》也是真實存在的，不過從正規管道是絕對得不到的啦♪』

《死靈之書》？太、太詭異了。這個人怎麼跟骨董商人一樣？這個看起來不過三十歲左右的男人，難道也是個疑似非人類的傢伙嗎？

就像他自己說的一樣，舊書商用琉璃子的料理把肚子填得飽飽的之後，終於肯休息一下了。

『啊～日本茶也好好喝……』

然後他慢慢地看著我說：

『你是誰啊？』

反應也未免太慢了吧！

『新來的稻葉夕士，是条東商校的二年級學生。夕士也很喜歡看書哦！你們兩個人搞不好很談得來呢！』

談得來嗎？我實在不這麼覺得，也不想這麼覺得。

『舊書商啊，就是因為太喜歡書了，才會變成這個樣子哦～』

『哎呀！哈哈哈哈！真是不好意思～』

舊書商搔搔頭。我不敢問詩人口中說的『這個樣子』是什麼樣子。所以我也就沒問了。

舊書商拿椅墊當枕頭，在散佈著櫻花花瓣的起居室緣廊橫躺著。

『啊～真是幸福。當日本人真好。』

原來他是日本人啊！從他的穿著、說話和動作都看不出他的國籍。他本來是個怎樣的傢伙呢？

不過，為了夢幻的稀有書籍而環遊世界，還真有點浪漫。我是絕對做不到的。

詩人指著舊書商的行李箱說：

『有沒有什麼有趣的東西啊？』

舊書商打開行李箱。裡面塞滿了書，怪不得剛才會發出那麼沉重的聲音。畫家和秋音也都湊了過來。

箱子裡有封面上寫滿了各式各樣文字的書，從書皮是年代久遠的皮革書，到用紙裝訂封面的書都有，五花八門。據說舊書商就是靠這一個行李箱的書進行買賣的。不過，就算整個行李箱全都塞滿，數量還是很有限……難道其中有什麼機關？

『《沃伊尼區的手稿副本》，這可是稀有書籍中的寶貝哦！一九一二年，舊書商沃伊尼區重抄了在某個寺院中找到的手稿，據說那份手稿是十三世紀的哲學家羅傑．貝肯寫的，不過上面卻有十五世紀才傳到西方的向日葵畫像，以及不可能在當時出現的精子卵子受精圖、仙女座大星系圖之類的東西。』

『那個叫做羅傑．貝肯的人，是怎麼知道向日葵和仙女座星系的呢？』

『就因為這是個謎，所以這本書才是稀有書啊！』

舊書商開心地笑了。

『哦！這不是《獸皮裡的維納斯》原書嗎？』

『哦！《索多瑪一百二十天》！』

擅自翻找行李箱的詩人和畫家似乎找到了自己喜歡的東西。

『喂，你們兩個，我只是先借你們而已哦！如果不買的話，一定要還給我。』

看著堆積如山的書，秋音皺起了眉頭。

『我有種奇怪的感覺……有奇怪的東西混在裡面哦！不過這也是常有的事了。』

『奇怪的東西？』

『書是很容易寄宿意念上去的——因為裡面的文字都是有意義的，尤其是魔法書特別明顯。古老的魔法書更是依附著許多意念，大概是因為實際使用過的緣故吧！』

秋音一邊這麼說，一邊試探性地將手放在書堆上，然後抽出了其中一本來。

『這是什麼？』

那是一本大小大概跟字典差不多，由黑色皮革裝訂而成的薄薄的書。每一頁都畫了一張圖，圖上有從一到二十一的羅馬數字，最後一頁則有一張上面印了『0』的圖。

『塔羅牌？』

這二十二張畫就是西方占卜經常使用的塔羅牌。一是『魔術師』，十三是『死神』，十五是『惡魔』，十九是『太陽』。

塔羅牌是從古代就在歐洲地區流行的占卜術，其實總共應該有七十八張牌。分為五十六張的『小阿爾克那』和二十二張的『大阿爾克那』，據說小阿爾克那就是撲克牌的原型。這本書中的畫是大阿爾克那。在塔羅牌的畫中，有一些是具有極高美術價值的，所以這應該是畫集吧！

『畫的名稱好奇怪哦！』

『奇怪？』

『如果是塔羅牌的話，比方說「I」應該是「魔術師」吧？這幅畫確實是「魔術師」，不過卡片上的名字卻不是這麼寫的。』

的確，上面寫著從來沒有看過的文字。舊書商搔搔頭。

『這個啊，是我在某個舊書市得到的禮物。我也以為是畫集欸，因為感覺不會很討厭。』

秋音點點頭，謹慎地檢視了那本書一番。大家都注視著她。

不久之後，秋音抬起頭說：

『舊書商先生，這本書大概被封印了。』

『哦？』

『封印？』

『這本書應該擁有某種力量哦！但是為了不讓那股力量發揮出來，這本書才被封印了。看不到畫上的文字，也是因為這個原因。』

『這是貨真價實的……魔法之書！』

在我眼裡看來只是單純的書而已，不過我還是覺得有點激動。

『哎呀！就是因為這樣，我才戒不掉買賣舊書啊！』

舊書商拍著膝蓋說。詩人和畫家都笑了。

『這也算是挖到一個寶了。』

『那要怎麼辦呢？』

舊書商從秋音手中接過書，咧嘴一笑。

『這種書雖然很難照顧，不過卻能以很高的價錢賣給收藏家♪』

『很、很高的價錢嗎？』

『很高的價錢。』

接著，舊書商送給秋音一個飛吻。

『謝啦！秋音，感謝妳的靈力雷達。』

不過秋音卻一把搶下了那本書，說：

『現在感謝還太早了哦！舊書商先生。等我先請藤之老師看看這本書是不是真的能賣再說吧♪』

秋音笑咪咪地說完之後，便離開了起居室，去為待會兒的打工做準備了。魔法之書則被夾在她的腋下。

『啊……』

舊書商一邊露出苦笑，一邊望著秋音的背影。我們則是哈哈大笑。

藤之老師是秋音現在實習的靈能力師父，也是在月野木醫院裡負責診治妖怪的醫生。

琉璃子端出了手工艾草餅。艾草的顏色真是新鮮，充滿了春天的色彩和春天的香氣，讓人難以抗拒，餡的甜味也高級得不得了。配上芳香四溢的蕎麥茶，不管吃幾個都沒問題。

在品嘗著和果子的時候，舊書商說了一些旅行時的故事以及與書有關的趣事。

『英國極度認同超心理學的領域，這是在日本想也想不到的，「魔法師」不但被認可為正當行業，還擁有社會地位。只是，這樣的魔法書反而很難出版，他們相信魔法書的意義和持有的力量，所以出版社很不喜歡這種書。我就把這些書帶回日本來。』

『哦……』

『有一個實際存在的魔法師阿萊斯特．克勞利❻，這傢伙寫的書在日本出版過，那時候好像還引起了一陣騷動呢！由於一些小事故頻傳，所以靈能者便一一出來建議：「那本書是不好的書，還是不要出版比較好。」』

『已經出版了嗎？』

『已經出版囉！就是那本。』

『擁、擁有那種書不會怎麼樣嗎？』

『真正有力量、會惡作劇的是原書，所以印刷出來的版本就沒什麼了，只要別讓「意念」寄宿進去就沒問題。』

舊書商說完之後眨了一下眼睛。你應該沒有讓意念寄宿進去吧？我心想。

他說的這本魔法書裡寫滿了數學算式，簡直跟數學課本一樣。

『完、完全看不懂在寫什麼。』

『因為這是專業書籍啊！』

舊書商笑了。原來如此，這也是一種『專業書籍』啊！就像外行人看不懂物理學的書一樣。

『你知道「克蘇魯神話」❼嗎？』

『嗯。就是將洛夫克萊夫特的恐怖小說整理之後的神話系統吧？還有很多人都

❻阿萊斯特．克勞利是十九世紀前葉的英國黑魔法師，被許多人稱為『世上最邪惡的人』。

❼洛夫克萊夫特（H.P. Lovecraft）著有《戰慄傳說》一書，而『克蘇魯神話』（Cthulhu Mytho）則是他筆下一個可怕的世界，描述一名遠古邪神克蘇魯因不明原因而陷入長眠，被封存起來，等待著甦醒的那一刻以重新奴役人類。此後只要是從這個概念所衍伸創作的小說，都可以納入這個神話的一部分，所以這個神話體系至今仍在擴展，如史蒂芬金等大師都有參與創作。

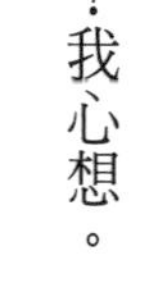

寫了好多神話故事。』

『沒錯。克蘇魯神話裡面出現了各式各樣的怪物。那本書為了證明怪物的存在，還記載了召喚怪物的方法。』

『……真的嗎？』

面對露出苦笑的我，舊書商也笑了笑，然後津津有味地抽了一口菸。

『撇開克蘇魯是否存在不談，那本原書確實擁有相當的力量。聽說為了封印，還費了一番苦心呢！書這種東西啊，就是只要寫的人有力量，書的內容就會跟著有力量。對吧，黎明先生？』

小口喝著蕎麥茶的詩人微微一笑，那張像小孩子塗鴉一樣茫茫然的臉更添了幾分傻氣。雖然長了這麼一張跟塗鴉一樣的臉，但詩人的文筆卻好到能把煽情怪誕的內容用最美的詞藻呈現出來。聽說有好幾個傢伙就是因為沉浸在那看似光鮮亮麗的黑暗中無法自拔，導致無法在現實中好好生活。

『對呀，因為有了形體出現嘛！當腦中的想法變成文字那一瞬間，我有時候都會覺得它變成了截然不同的東西呢！』

真是不可思議的一段話。有了形體的瞬間，它就離開了作者，成為另一個截然不同的東西。作者無法阻止這一切。像詩人這樣的老手也會這樣嗎？不對，正因為他是老手，才會碰到這種情形吧？

『文字啊，可是比影像或形狀更難纏的。』

橫躺著的畫家一邊喝著酒一邊這麼說。

『比方說，要是「米羅的維納斯」❽有兩隻手臂的話，或許就得不到那麼多讚美之詞了。有一種說法是這樣：「米羅的維納斯」之所以會那麼吸引人，就是因為那尊雕像給人一種「她原本的姿勢究竟是什麼樣子呢？」的想像空間。而文字的領域，正可以給人最大的想像空間。』

一點也沒錯。以前忍耐著住在親戚家的時候，我唯一的樂趣就是看書。悠遊在文字的世界裡是最快樂的。在那裡，我可以變成任何人：冒險家、戰士、追蹤殺人魔的偵探，還可以前往各式各樣的世界。沒錯，我享受著超越了書中文字的想像。

❽『米羅的維納斯』就是『斷臂維納斯』，是希臘雕像，西元一八二〇年在希臘米羅島上被發現，現在收藏在法國巴黎的羅浮宮裡。

看了這本『魔法書』裡面寫的『怪物召喚法』之後，一定有很多傢伙以為他們真的可以召喚出怪物。而其中，說不定就真的有哪個傢伙成功地將怪物召喚出來。

『這就是書的可怕之處，書是增加人類潛在能力的觸媒。』

我能理解。不過這跟我沒什麼關係，因為我從來不覺得自己會去看魔法書。

『……然後啊，才覺得我和她很談得來，結果卻發現那傢伙是男人！』

『咦？她不是女的嗎？』

『是女的啊！是個超級大美女，身材也好得不得了。鎖骨很性感、胸部有這～麼大，腿細得不得了呢！』

『可是脫光就發現多了個東西。』

詩人和畫家大笑。

『不是多了一個東西而已，那個東西還很大呢！』

『哇哈哈哈哈！』

『而且那東西還站起來了呢！真是糟糕透頂。』

『噫——太可怕了！』

『然後呢？你將自己的屁股獻給他了嗎？』

『怎麼可能獻給他啊?!我打破窗戶逃走了啦！抱著行李穿著內褲在百老匯大道上狂奔！』

『哇哈哈哈哈！』

所有人全都捧腹笑得東倒西歪。直到晚餐之前，大家都在聊這個白痴的話題。

為了歡迎舊書商回來，這天晚上的晚餐，琉璃子準備的全是日本料理。鹽烤櫻花鯛生魚片、醬油烤九孔、滷蕪菁、炸胡瓜魚、艾草糰糬、水煮羊齒蕨和款冬花，以及生豆皮燴油菜花，餐桌上充滿了春天的氣息，而且還有鍋燒雞肉飯和鮭魚茶泡飯。舊書商感激得不得了。

『春天就是要有春天的感覺。精緻的外觀、香味和口感～啊，生為日本人實在太好了！』

櫻花鯛生魚片放在鋪了櫻花樹葉子的碎冰上，上面放了烏賊、干貝的生魚片，旁邊還擺了一朵櫻花。滷蕪菁上面放著蒲公英的花朵，更顯出那黃色的美麗。艾草糰糬的嫩綠色上撒了金箔。一切都是這麼細膩美好，這正是日本料理的精髓。

佐藤先生、山田先生和麻里子都為舊書商的歸來感到開心，所有人都用日本酒乾杯。今天晚上的餐廳真是熱鬧極了。

夜深了，妖怪公寓裡頭充滿了白天時沒有的氣息。四周的黑暗之中似乎有什麼東西在蠢動，空中飄浮的東西也增加了。起居室的屏風另一側已經開始打起麻將來，淡淡的影子也開始在走廊上來來去去。

啊！對了，就是這種感覺，讓我好懷念。連這些莫名其妙的東西，都讓我覺得萬分想念。

『對欸，你也是半年沒回來了呢！』

走到地下溫泉的途中，臉上掛著同樣懷念表情的舊書商說。我搔搔頭。

『為什麼會回來呢？』

『……嗯……因為寂寞。』

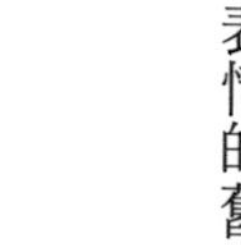

我自己說完之後，臉也跟著紅了。幹嘛回答得這麼老實啊？真是的。但是舊書商並沒有笑我。

『因為這裡很有趣嘛！』

我很老實地點點頭。大家一定都這麼覺得——住在這裡的所有人都一樣。

『哦！這是有龍先生頭髮的墜飾。是骨董商人強迫你買的嗎？』

在更衣處脫衣服的時候，舊書商看到我脖子上掛的墜飾之後笑了。那是一個水晶墜飾，底座中間嵌著一根據說是『靈髮』的龍先生的頭髮，是骨董商人自作主張製作（也就是未經龍先生同意）、擅自販賣的。

『這是我離開這棟公寓的時候，骨董商人送給我的餞別禮物。下次遇到他的話，他可能會叫我還給他吧！』

『哈哈哈！我也好想趕快見到龍先生和骨董商人他們哦！』

全身浸泡在洞窟溫泉裡之後，我們大聲地喊著：

『啊～真是天堂啊！』

食物美味、同伴有趣、房間坐北朝南，地下室還有溫泉，這不是天堂是什麼？我們深深地為能回到天堂而感到高興。這個時候——

『喲呵！』

輕～飄飄地出現的，是抱著小圓、全身赤裸的麻里子。我們兩人從浴池裡跳了起來。

『哇啊啊啊啊啊——！』

『麻里子，不要跑到男湯來啦！』

『可是這裡比較大～呀！對吧？小圓寶貝。』

麻里子已經變成幽靈很久，所以早就沒有身為女人的羞恥心了。然而還是人類的我們並不是如此。再怎麼像天堂，這種優惠也太刺激了。我們慌慌張張地逃了出來。

『真是的，麻里子真是一點也沒變。』

『即使是幽靈，那麼明目張膽還是不太好吧！』

不過舊書商搖了搖頭。

『不，龍先生就完全不在意哦！因為他是靈能者，所以才能分得很清楚，他只會聳聳肩膀說：「反正又不是真的人。」』

『真厲害。』

這就是修行的收穫吧？或者只是單純地習慣了呢？總之，他實在太鎮定了。

『那就晚安了。』

和舊書商道別之後，我回到了自己的房間。

倒在棉被上之後，疲勞瞬間湧了出來。今天真的好充實。昨天我還因為太高興而興奮得睡不著覺呢！但是心情很好，還見到了新的夥伴。

明天要搭長谷的機車去兜風。知道我回到公寓之後，長谷一定也會為我感到高興的。

總有一天，希望我能招待長谷來這裡。那傢伙會怎麼想呢？一定會嚇一大跳，然後……我一面想著這些事情，一面進入了夢鄉。

小·希洛佐異魂

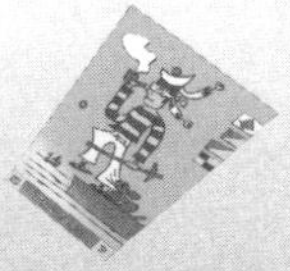

我睡了多久呢？

『晚安。』

一個聲音這麼說。

『嗯？』

我從棉被裡坐了起來。

『咦？』

房間的裡面和外面都黑漆漆的。窗簾另一邊有個發光物緩緩移動著。

『晚安。』

那個聲音又說了一次。我回過頭，發現棉被上放著一本書，上面有一個身高十五公分左右的小矮人，在黑暗中發出朦朧的光暈。他頭上戴著類似軟呢帽的東西，還穿著緊身褲襪，感覺很像中世紀的故事書裡出現的小丑。

『有什麼事嗎？我明天要出門，快點讓我睡覺。』

我以為他是平常在公寓裡出沒的妖怪之一。雖然很少有小型的妖怪跟我說話，不過像花妖或是蟲妖之類的東西，我在這裡還滿常看到的。

『不是、不是。是我在回應你的呼喚。』

小矮人這麼說完，彬彬有禮地對我敬了禮。

『初次見面。我是富爾，請記住。』

『哦。』

『經過了漫長的旅程之後，我終於和主人見面了，你與我們同心，希望你能察覺我們的喜悅……啊！別睡覺，主人！』

『不要唧唧呱呱的啦！我很睏。』

『你的頻道好不容易在這個時間打開了。請你聽聽我說話，主人。』

『主人……你說誰啊？』

『你，夕士大人。』

這麼說完之後，小矮人富爾又禮數周到地敬了禮。

『……是嗎？原來這是夢啊！也就是說，我實際上是在睡覺。好，沒問題，我就聽聽你說話吧！』

『非常感謝你。』

『為什麼我是主人？』
我笑著說。富爾從書上跳了下來。
『請看這裡。』
他打開了書，書頁啪啦啪啦地翻動著。裡面畫著塔羅牌的畫。
『啊！這是白天的……舊書商帶回來的塔羅牌畫集嘛！』
『沒錯。然後，這就是我。』
富爾指著最後一頁。那裡畫著寫了『0』的『愚者』（FOOL）。
『哈哈，對啊！上面寫著FOOL……咦？怎麼了？明明看得到嘛！』
這一瞬間，隨著『啪兮！』一聲尖銳聲響，書亮了起來。
『哇啊，嚇我一跳！怎麼回事啊？』
富爾高興地笑了，接著他又禮貌地敬了個禮。
『恭喜你。就在剛才，書上的封印已經被解開了。這麼一來，你就確定是我們的主人了……』
『封印……解開了？』

富爾彷彿在演舞台劇一般在棉被上誇張地說：

『這個世界上，有一本名叫《希洛佐異魂》的大魔法書。是某個大魔法師封印了從異次元召喚來的七十八隻妖魔的書，魔法師能夠隨心所欲地從這本書中將妖魔召喚出來使用。』

『哇～好厲害哦！』

這個時候，富爾輕咳了一聲，用手指著書嚴肅地說：

『本書就是《小希洛佐異魂》。』

『咦？那就是說，這本書裡面也封印了妖魔囉？』

我探出身子。富爾連連點頭。

『沒錯，沒錯。過去有位魔法師仿效《希洛佐異魂》，把從異次元召喚出來的二十二隻妖魔封印在本書之內，這是一本貨真價實的魔法書。』

『哇！』

我是真的覺得很佩服。原來如此，如果把封印了七十八隻妖魔的元祖《希洛佐異魂》看成塔羅牌的『小阿爾克那』，這本就和『大阿爾克那』一樣是二十二隻。

這應該是某種仿造書吧！

『本書的創造者已經不在這個世界上了。創造者死後，我們就開始了漫長的旅程。在找到合適的下一任主人之前，我們一直被封印在這本書裡，被當作單純的畫集不斷轉手。』

『嗯，嗯。』

『可是對我來說，這並不是單純的流浪。我的目標是找到存在於這個世界上某個地方的主人。然後，我終於找到了。』

『嗯，嗯。』

『那位大人能夠讀出我們的名字——那是非主人絕對唸不出來的。所以，《小希洛佐異魂》就在此解除封印。新的主人再度賜予我們生命。』

『嗯，嗯……嗯？』

富爾又更有禮貌地敬了一個禮。

『我們的新主人就是你，稻葉夕士大人。請給我命令。』

這個時候，我終於搞清楚眼前的狀況了。

『你們在找的新主人，就是我嗎？』

『沒錯。』

『可是我又不是什麼魔法師。』

『比起實踐技術和經驗，主人的資格在於潛在的資質和感應力。』

『我有資質嗎？真的假的？』

『不然的話，封印是不會解開的。』

我和富爾互看了一會兒，然後富爾瞇著眼睛笑了。

我的腦筋有點混亂。以前在這棟公寓的時候，確實有人說過我『可能有靈能者的資質』。說這句話的人是秋音。被這麼一說，我還感到很困惑。我以前從來沒有想過要擁有靈能力，以後也不想擁有。因為這種東西對我的生活沒有幫助。不僅如此，靈能力對外行人來說根本只是麻煩的力量吧！看得見、或是感覺得到幽靈的存在，又能怎麼樣？

更別說是二十二隻妖魔要聽從我的命令了，我怎麼知道要如何使用妖魔啊？……我用力搖搖頭。白痴啊我！這只是個夢，根本沒必要在這裡認真思考啊！

『你說的話還真是有趣呢！富爾。沒想到我竟然擁有這種力量，真是驚訝。總之，你們就是「那個」嘛……龍先生差遣的「式鬼」之類的傢伙。』

『廣義來說，沒錯。不過我們是隸屬於使魔一族。』

我伸手拿起《小希洛佐異魂》，啪啦啪啦地翻著書。確實，每一張牌上的名字我都讀得出來。我覺得有點毛骨悚然。

『那我就來試試看吧～啊！對了，富爾，你……嗯……』

『我是本書的介紹人，也是妖魔和主人之間的仲介。』

富爾再度誇張地敬禮。

『原來如此。不懂的事情問你就好了嘛！ＯＫ。那首先……從「Ⅰ」開始看好了。「魔術師」……金！』

『魔術師』那一頁突然發出光芒，並且冒起了白色的煙霧，一名身體硬朗的禿頭大叔從中現身。他的穿著就像是從阿拉丁神燈裡面出來的精靈一樣。

『「金」，萬能的精靈，也就是所謂的「阿拉丁神燈精靈」。』

富爾解說。

『真的假的?!也太厲害了吧！』

我完全忘了這是夢，興奮得不得了。

『請下命令，主人。』

從書裡冒出來的煙霧中，『金』低下頭對我說。

魔法精靈突然出現，問你有什麼願望的時候該怎麼辦？光是看到魔法精靈真實存在，就已經讓我驚訝得半死了，哪裡還想得到什麼願望？不，雖然不是非在這裡說不可，我還是想也沒想地喊出了這個非常小市民的願望：

『我……我要錢！能在日本使用的現金！』

對我來說，這真的是個非常膚淺的願望，不過既然已經脫口而出了也沒辦法。

『了解！』

『金』伸開了兩隻手臂仰頭看天，煙霧越來越大。我心跳加速。

然而——

啪噠……

掉到地上的，是一枚五百圓硬幣。

突然，煙霧漸漸縮小，剛才還像個肌肉男的『金』也變得越來越瘦小，最後化成了香菸的煙一般，回到了書裡去。

『……沒啦？』

富爾聳了聳肩。

『「金」確實是萬能的精靈，不過他的力量有點弱。而且因為沒什麼鬥志，所以暫時不能用了。』

『什麼東西啊……』

只為了區區五百圓就用盡力氣的萬能精靈，真的萬能嗎？

『不對不對，這是夢，對夢生氣也沒什麼意義。一定是因為我的想像力只有五百圓的關係啦！』

我說服自己。

『好，重新開始。「女祭司」潔露菲！』

『潔露菲！風之精靈！』

呼～一聲，房間裡面突然颳起一陣風。桌上的東西被吹了起來，四處散落。

『……結束了嗎？』

『沒錯。』

我突然覺得自己可以看到這個夢境的終點了，大概就像一篇有趣的小故事吧！

『啊……跳到比較後面的牌好了。就來張「隱者」吧～寇庫馬！』

『隱者』的圖開始放電，活像打雷一樣落在棉被上。接著，一隻貓頭鷹出現了。

『寇庫馬，侍奉智慧女神米娜娃的貓頭鷹一族，掌握了世界上所有的知識。』

『哇！』

米娜娃的貓頭鷹閉著眼睛，發出了均勻的呼吸聲……看起來好像是睡著了。富爾走到牠旁邊高聲說：

『隱居大爺！隱居大爺！請醒一醒，新的主人召喚你了！』

『嗯嗯嗯……』

『隱居大爺！』

『哦哦！』

貓頭鷹睜開雙眼，大眼睛露出了驚訝的神情。

牠看著富爾說：

『吃飯？吃飯了嗎？』

『飯已經吃過了吧？請你振作一點！』

『可是我的肚子餓了呢！』

『真是的，什麼都馬上忘光光。』

好生活化的一段對話。

『……我知道了。你可以回去了，老爺爺。』

我嘆了一口氣，貓頭鷹也回到了書裡。連知識的象徵都是這副傻樣，我也無話可說了。

『真是對不起。牠年紀太大，有點痴呆了。』

富爾搔搔頭，我則露出了笑臉。

『我大概知道這是什麼樣的書了。做出這本書的創造者好像是個很調皮的人吧！』

『不，倒也沒有你說的那麼好。』

這不是讚美！

『嗯，就算是作夢，我也真的有點累了。再看一隻就結束吧……「吊人」凱特西！』

和智慧的貓頭鷹出來時一樣，這次也起了放電的反應，然後出現了一隻黑貓。牠的大小大概有中型犬那麼大，而且還將身體拉得長長地橫躺著，姿態像人類似的一隻手撐著頭，另外一隻手則拿著菸管。整體上來說，不知道該說牠慵懶還是毫無霸氣，總之，是一隻懶散的貓。

『凱特西。牠是貓王一族。在人類的認知中，牠們就是「穿長統靴的貓」。』

『穿長統靴的貓?!』

在日本卡通當中，這可是超有名的貓咪故事呢！眼前的貓，和那個會運用機智幫助主人的卡通主角……感覺差很多。

凱特西用半開的眼睛看著我，呼——地吐出菸管的煙，然後以非常慵懶的聲音說：

『……明天會下雨。』

氣象報告的降雨機率是百分之零，一整天都是。

『你這傢伙會被女人給甩掉。』

我現在根本沒有女朋友。

『凱特西！你怎麼可以對主人說「你這傢伙」？不要一直騙人，偶爾也說些有用的話啦！』

果然是騙人的！我請騙人貓回到書裡，啪地一聲闔上書。

『真是對不起，主人。真是隻懶散的貓。』

我點點頭，將這本仿造書放到書架上。即使是夢，我也不想再繼續扮演這麼無聊的角色。

『我知道你們是什麼東西了。我要先睡覺了，有時間再聊吧！』

『了解。』

富爾又很有禮貌地敬了禮。

『幹嘛啊？邊想事情邊笑，噁心死了。』

在山頂的汽車餐廳裡，長谷一邊喝咖啡，一邊皺著眉頭這麼說。我則是邊吃三明治邊笑個不停。

『昨天晚上……我作了一個超奇怪的夢。』

『別說了。聽別人的夢是世界上最無聊的事。』

長谷很不屑地皺起眉頭。

長谷泉貴從國小三年級開始就是我的死黨，他沒有拋下因父母亡故而自暴自棄的我，是我唯一的朋友。

他有錢、又聰明，讀的是東京數一數二的菁英高中。後來我們雖然沒辦法天天見面，不過他還是會寫信給沒有手機的我，有時候還會像這樣跑來跟我見面，帶我到處玩。

我很不擅長和人相處，然而在長谷面前，我卻可以暢所欲言，像今天這樣沒錢的日子，也可以毫無顧忌地讓他請客。還可以說些任性的話，安心表現出真正的自己。

嗯，不過說到能『表現出真正的自己』，長谷也一樣。這傢伙雖然長得帥、優秀又受歡迎，開學沒多久人氣就壓過了學生會會長，不過骨子裡其實是個超級壞的惡棍，國中的時候還以『地下領導人』的身分在背地裡操縱壞學生。上了高中，他還是一如往常，穩穩當當地控制著附近的小混混。

為什麼他要這麼做呢？簡單地說就是為了將來能夠擁有自己的組織。要不要我透露一下這傢伙的野心是什麼啊？就是『奪走』自己的老爸位居要職的公司。

先不說這個了。

我和長谷騎著機車疾駛過山路。陽光很溫暖，從樹間穿透下來的光束也很漂亮。從山頂上俯瞰的景色美到最高點，連遠方的山稜都看得一清二楚。四處開滿了山櫻花。藍天實在太漂亮了，空氣又很清新，讓我心情大好，忍不住興奮起來。

『要是有帶照相機來就好了。』

我這麼說完，長谷便拿起手機對著我。

『要照相的話，這個也可以照哦！』

『哦哦，有附相機的手機欸！』

『現在連錄影都已經是很稀鬆平常的配備了。』

『哇，真厲害！』

我一邊看著手機螢幕上動來動去的自己，一邊覺得佩服。長谷用一種受不了的口氣說：

『我說你啊，也差不多該買支手機了吧？落伍得太嚴重了。』

『因為平常用不到啊！但是如果不買手機的話，我是不是就看不到用手機拍的相片了？』

『現在已經可以印出來了啦！』

『真厲害，好先進哦！幫我照、幫我照！』

長谷一邊苦笑，一邊當起了攝影師。看來他也因為我恢復了精神而感到高興。

離開妖怪公寓、碰到一大堆事情的時候，我的精神狀況糟糕到極點。為了不讓長谷操心，我一聲不吭地和他斷了聯絡，不過就結果來說，好像還是害他擔心得不得了。對長谷而言，好像要我說些白痴的話、強迫他請吃飯，什麼都依賴著他，才能讓他覺得安心。

當我說要回去壽莊的時候，長谷是真心替我感到高興。他說：『那裡比較適合你。』

『你變了呢！之前神經緊繃的感覺消失了，看起來比較輕鬆。一定是因為那棟公寓是個能讓你安心的地方吧！』

完全不了解妖怪公寓的長谷，卻能透過我看出公寓的狀況，我真該稱讚他一下。

『照的相片等一下印出來給我，聽到沒？』

『好好好。』

『啊～肚子好餓。我們去吃東西吧！在公寓經常吃日本料理，所以我還滿想吃義大利麵的。啊！還有三明治。』

『你是想說我要請客，所以才這麼不客氣就對了。』

我們在山頂上的汽車餐廳挑了一個視野很棒的靠窗座位，開始享用午餐。

『……就是這樣，我就變成那本魔法書的主人了，可是裡面全都是一些沒用的傢伙！』

我笑著敘述昨天晚上的夢境，長谷則是啐了一聲。

『別人的夢果然很無聊。』

『以夢來說，你不覺得內容還不錯嗎？』

我也打從心底覺得這個夢很無聊，一直笑個不停。

『嗯，你開心就好啦！』

長谷這麼說完之後便笑了。這句話讓我有點感動。

『呃……那個啊，長谷。』

『嗯？』

『就是……下次……』

要不要來公寓玩……就在我打算這麼說的時候，『叭喇叭喇叭喇！』刺耳的喇叭聲和引擎聲傳入我耳中。

只見十幾輛摩托車的車隊慢慢地駛近汽車餐廳大門口。他們全都穿著皮衣，不過一看就知道不是什麼正經的機車騎士。消音器做了改裝，排氣管發出來的聲音大得不像話，摩托車的高度也低得很不自然，車身上更畫滿了駭人的骷髏和惡魔圖案。

『哎呀，來了一群花稍的傢伙呢！』

長谷苦笑說。在個性壞得連不良少年都望塵莫及的長谷眼中看來，那種傢伙大概只是愛耍帥的可愛小孩而已吧！

不管怎麼說，長谷這傢伙可是從國小時代開始，就以看出人類的另一面啊、真實個性什麼的為樂，這應該也算是他的拿手絕活吧！

小學二年級的時候，剛上任的年輕女老師在處理班上的欺負事件時，對小朋友說：『大家要好好相處哦！』結果這傢伙立刻說：『不想好好相處就不用好好相處，這也沒什麼不好吧？』『不要強求大家好好相處。』『那只不過是大人自以為是的想法罷了。』無法反駁的女老師哭了出來。然後長谷又對被欺負的同學說：『你就是擺出一副會被欺負的態度，人家才會欺負你。』

結果那個學生也哭了出來，造成了相當大的騷動。這可是非常有名的事件。

拜這場騷動所賜，那個被欺負的學生後來再也沒被欺負了。女老師辭職之後，長谷還心平氣和地說：

『被那個又嫩又天真的菜鳥教到，真是讓我火大得要命，所以我就把她趕走了。』

長谷一直在觀察把那個又嫩又天真的女老師趕出去的機會。小學二年級的學生怎麼會這樣？而老師則因為無法回答學生的問題，失去了家長的信賴和自信，不得不離開學校。長谷完全看穿了事情的結果。

『只有年齡增加的傢伙，我才不承認那是大人。』

這是長谷常說的話。

從那麼小的時候開始，長谷就已經是『大人』了，而且還是個連『小孩』都不放過的惡棍。

他很會看人，尤其是對方的『弱點』絕對逃不過他的眼睛。這與生俱來的天賦大概是遺傳自他老爸的吧！長谷的老爸把他當作自己的左右手栽培，據說長谷嬰兒時期聽的不是搖籃曲，也不是床邊故事，而是領袖論、企業和社會的黑暗面。

不管頭銜多了不起的紳士，脫掉一層皮，一樣都是滿腦子充滿金錢和欲望的豬玀，這種人就是撐起這個社會的人。巧言令色的人是最不能相信的，這是他老爸的座右銘。

『在街上遊蕩的那些不良少年，還純真得刺眼呢！』

笑咪咪地說著這些話的長谷，總是讓我冷汗直冒。

其他人根本不可能知道，乍看之下只是一個普通高中生的長谷，其實是這樣的傢伙，不過要是全身上下散發出『我們很壞』氣息的人出現在他眼前……那些傢伙的皮最好繃緊一點了。

染金髮、戴墨鏡、戴項鍊和手環、配上跟黑道一樣的手錶、腰間還掛著長晃晃的鑰匙鍊，大搖大擺走進來的那些人，怎麼看都是『裝模作樣』的小鬼，我真是同情得不得了。要是他們能有畫家深瀨那種簡單有型的格調就好了。

這些傢伙的內在和外表看起來一樣不成熟。他們用腳踹開椅子坐下，在禁菸座位抽菸，還把口香糖吐在地板上。看來成群結隊是他們唯一的強項，正是隨處可見

的那種人。

我想也沒想便回過頭，結果剛好和其中一個人四目相接。我馬上就將視線轉回來了，不過那傢伙卻一直盯著我看。我甚至可以從背後感覺到他的視線。真是非常討厭的目光，只敢在別人背後死命盯著瞧，完全是仗勢欺人。我有點不爽。

『嘖嘖。』

長谷看著我，用舌頭彈出了『不行』的聲音。

『走了，稻葉。』

長谷立刻站了起來，拉著我走出餐廳。那些傢伙調戲女服務生的聲音從後方傳來，實在讓我非常火大。

『長谷，欸，那些傢伙啊～』

『別說了，先坐上來。』

將摩托車從停車場騎到汽車餐廳大門口的長谷回頭看著我，然後用下巴指了指那些傢伙並排停在門口的摩托車。我了解他的意思了。

砰！我用力踹了其中一輛摩托車。砰、砰、砰、砰，並排的摩托車就像骨牌一

樣一一倒下。那些傢伙衝出大門口。

『哇哈哈哈哈！』

我們一邊大笑，一邊加速疾駛而去。

『他們待會兒就追上來了，加速囉！』

『哦！』

長谷的摩托車飛快地騎過下坡山路。眼前不斷出現急彎道，我配合著長谷的轉彎技巧在適當的時機移動重心。兩個人意氣相合的時候，摩托車就會瞬間駛過彎道，這時候的快感真是無與倫比！

由於摩托車的大小差不多，所以雙載的我們速度比一人騎一輛車的他們慢。但是不用看也知道，論駕駛技術，長谷可是比他們高明多了。長谷也非常信任我的配合，毫不猶豫地騎過一個個彎道。在這麼急的彎道上，那些半吊子的傢伙怎麼可能騎得快。

『就這樣甩掉他們吧！』

我正這麼想的時候——

馬路上突然出現了大排長龍的汽車。

『怎、怎麼回事？』

長谷立刻緊急煞車。汽車的時速大概只有四十公里，行進緩慢。雖然從這裡還看不見，不過前面應該是發生意外了吧！

『……！』

長谷本來打算加快速度，不過後來卻沒有這麼做，看來他跟我的考量是一樣的。

沒錯，摩托車可以穿過車陣向前騎。可是，如果等一下那個白痴摩托車團騎到這裡的話呢？不用說，他們一定會直接撞上車陣摔車的。他們自己摔一摔就算了，可不能把無辜的車子和駕駛都扯進來。

就在我們思考這些問題的時候，那些傢伙的摩托車已經出現在後照鏡裡了。

『長谷！』

『嗯，可惡！』

『轟！』的一聲，長谷將龍頭一轉，騎上了前面一條細細的橫向道路。雖然是柏油路，不過卻是條不知名的小徑，一直延伸到山上。

『這條路通到哪裡？』

『不知道。』

希望能有逃生之路——然而我們的祈禱並沒有應驗。突然騎上細小的道路之後，眼前的景象令我們驚訝不已。

『完了……是死路。』

『那是什麼？工廠嗎？』

前方有一棟很像巨大鐵塊的房子，再過去就是懸崖。建築物已經廢棄，不過通往這裡的專用道路還在，就是剛剛我們騎上來的柏油小路。這下無路可逃了。

我和長谷都拚命地思索對策。回頭的話路太窄了，不太可能在這條路上突破十幾輛重機車隊。周圍又都是懸崖斷壁，完全沒有可逃之路。

此時我加重了手腕的力量抓著長谷——只有一條路可以走了。

『長谷，騎到房子後面去。』

廢墟的後面剛好有一群生長茂盛的雜草，我們把摩托車停在那裡藏起來之後，

便走到巨大的鐵塊裡面去。

『這是製造某種東西的工廠吧！是水泥嗎？』

在廢墟內部抬頭一看，上面有一個很大的機械殘骸，全都生出紅色的鐵鏽了。

我一邊看著那個機械殘骸，一邊爬上樓梯。

我和長谷躲在最上層的五樓房間裡。從髒兮兮的窗戶看不清楚外面的情況，我們用空盪盪的房間裡僅有的鐵櫃將門口堵住。

轟隆轟隆的引擎聲傳了過來，那些傢伙到了，在工廠前面轉了幾圈。我本來以為他們會這樣直接放棄，結果沒想到那些傢伙全都下車了。

『總共十六個人嗎……？如果我們兩個聯手的話，應該還不至於打不過。』

長谷果然還是理解我的想法。『只能迎戰了。』他說。

『他們看起來不像是常打架的人，要是看到你的厲害，應該會嚇到吧？』

長谷是合氣道四段，是跟史蒂芬席格一樣的『不留情打者』。看了長谷的打鬥方式，我想大概再也沒有人會說『合氣道是防守的武術』了。合氣道的鼻祖如果地下有知，應該會覺得很感慨吧！

『如果他們會嚇到那倒還好。』然而，長谷卻聳聳肩回答，『如果告訴你最近那些不良少年的惡行惡狀，你可能會不敢相信吧！他們真的什麼都不知道，該怎麼說呢……連感覺都沒有。』

『啊？』

『我的意思是說，他們連疼痛和恐懼都沒感覺。明明揍一拳就可以解決問題，卻老是搞到快出人命。不管是對人還是對自己，他們都不懂得拿捏分寸。』

『這樣啊？』

『尤其是成群結隊的那種傢伙，更是無藥可救。』

那群『無藥可救』的傢伙來了。就像長谷說的，我們兩個應該會打贏，不過也得做好受傷的心理準備。仗勢欺人的傢伙很兇暴，不過他們每個人其實都很懦弱（所以才會成群結隊）。有時候一個人開始感到害怕，全部的人都會跟著害怕起來。

那些人大呼小叫地走進工廠，開始到處搜尋。翻箱倒櫃的聲音、金屬相互碰撞的聲音、打擊東西、搖晃東西的聲音響徹這間毫無人煙的廢墟。我們屏氣凝神地盯

著門看。要是他們找不到我們就好了……

『你好像很傷腦筋的樣子。』

聽到身後傳來的這個聲音，我點點頭。

『嗯，確實很傷腦筋……嗯？』

我反射性地回過頭，看到一個眼熟的小矮人站在窗框上。

『啊，欸？哦……哦、哦，你是……？』

『你好，主人。』

和昨晚的夢境一樣，他彬彬有禮地向我敬禮。他的穿著就像中世紀童話故事裡出現的小丑。

『你是……富爾?!』

『沒錯。』

『咦？啊？我現在……應該不是在作夢吧？』

富爾露出了很有氣質的笑容。

『你在說什麼啊？主人。不是夢。昨天晚上解開了我們的封印、收我們為僕的，不就是主人你自己嗎？』

『……』

我瞄了一眼掉在窗戶底下的背包，連忙抓過來，結果我嚇呆了。裡面裝著昨天就應該被秋音帶走的那本黑皮書。

『怎麼會在這裡？』

『因為我們永遠會和主人在一起。』

『喂……』

『那、那就不是夢囉？我被選中的事，還有那些沒用的精靈……』

『說沒用太嚴苛了。不過確實……裡面是有……比較懶散的精靈。』

『拜託……』

『有派得上用場的傢伙嗎？不是區區五百圓就斷氣的精靈，就是老年痴呆的老頭子，還有愛騙人的貓。』

『喂，稻葉！』

『吵死了！我現在……啊！』

長谷扭曲的臉出現在我面前。很明顯地，他也看得到富爾。還是隨便矇騙過去比較好吧？就說是常見的幻象什麼的。

『那、那是什麼……』

長谷指著富爾。富爾又禮數周到地敬了禮。

『初次見面。我是《小希洛佐異魂》的介紹人，也是夕士大人忠實的僕人。我是代表0的富爾。請記住。』

『……?!』

長谷的表情更僵硬了。無論是MIT、NASA或是本田，都做不出這麼精巧的機器人。深知這一點的長谷，更能了解眼前發生的現象有多麼異常，我也第一次見到了他臉色大變的模樣。

面對驚訝得說不出話來的長谷，我只好開始試著向他解釋。

『剛才我跟你說的……那個啊，我變成了這本書的主人……裡面封印了精靈……』

長谷眼睛瞪得大大地盯著富爾看。

『那不是作夢嗎……？』

『我……原本也以為是……』

我瘋狂地搔著頭。

『不過看來好像不是，哈哈！』

『我就把這位先生當成主人的朋友了，請替我介紹。』

『啊！這傢伙是我從國小時代開始的死黨長谷泉貴……』

長谷一把抓住了我的衣襟。

『你幹嘛這麼平常地跟他對話啊？稻葉，你……是不是瞞著我什麼？』

『啊……』

直覺真靈！我只能說，真不愧是長谷。就在這個時候，門的另一側傳來了吼叫聲。我撥開長谷的手。

『待會再跟你說，長谷。富爾，有沒有什麼……什麼現在可以幫上忙的傢伙啊？』

我開始翻動《小希洛佐異魂》的書頁。好不容易來了一個『異常的東西』了，雖然不見得能跟那些傢伙對戰，不過至少可以威脅他們，分散他們的注意力——畢竟連長谷都被嚇得目瞪口呆了，對那些白痴來說，應該更有效。

『對了，這傢伙……「惡魔」刻耳柏洛斯！』

『惡魔』的書頁開始發出劈里啪啦的雷電。

『刻耳柏洛斯！地獄的食人狼！』

『哦哦！還不錯嘛~』

青白色的雷打在地板上。長谷呆若木雞地看著。

然而出現在那裡的，是一隻非常可愛的小狗。牠的眼睛才剛睜開，發出了嚶嚶的叫聲。

『不過牠還是幼犬，再過兩百年就會長大了。』

『最好是等得到啦！！』

門隨時都會被撞開。我讓刻耳柏洛斯回到書裡，繼續尋找能夠成為威脅的牌。

如果封印的精靈和牌的種類相似，就一定可以找到能用的東西。

『「戰車」希波格里夫！』

『希波格里夫！黑色的獅鷹！能夠在瞬間跑千里的神之戰馬！』

唰——！黑色的羽毛充滿了房間裡。牠比馬還大上幾倍，是隻跟龍一樣的鳥。

『嗚哦哦——！』

我跟長谷都驚叫出聲。眼前居然出現了不存在於這個世界上、又超屌的生物，我們的心臟都要從嘴巴裡跳出來了——我想應該就是這種感覺吧！根本就只會在奇幻片和神話中出現的東西，竟然就出現在我們眼前?!

『只、只要坐上這傢伙的話……』

然而當我這麼想的時候，希波格里夫發出了雄壯威武的鳴叫聲，衝破窗戶飛了出去。

『……』

我們呆呆地看著破掉的窗戶。

『因為牠是神的馬，所以有點難搞。是的，牠不喜歡被人騎。』

『不、不能用！』

『咦……那牠怎麼辦？』

長谷抬頭看著天空問。富爾笑咪咪地回答：

『如果主人命令牠回來的話，牠就會回來。』

門外，因為情緒高漲而變得兇暴的那些白痴仍在大聲嚷嚷著。門開始發出唧唧的慘叫聲。

『可惡！還有什麼其他的……「力量」怎麼樣？』

長谷壓住了我翻著書的手。

『稻葉，你說這本書裡面有各種精靈吧？』

『啊？嗯，對啊！』

『有「那個」嗎？』

『「那個」……是什麼？』

『「皇后」梅洛兒！』

『梅洛兒！水之精靈！』

空盪盪的空間突然閃閃發光，水也開始從亮光之中滴落。我的目的是想讓水積滿門的周圍，可是……水量也太少了吧！

『再多一點，不能像這樣……唰地流出來嗎！她是水之精靈欸！』

我對富爾大喊。不過富爾只聳了聳肩。

『畢竟她的力量還不夠。』

『啊——沒用！』

『砰！』一聲響起，門呈現半開狀態，那些笨蛋從門縫間叫囂。

『可惡！你們逃不掉的！』

『打死他們！』

用來擋住門的鐵櫃發出唧唧聲，開始移動。地板上積了一攤梅洛兒剛才製造出來的水窪。

長谷摟著我的肩膀輕聲說：

『別慌哦！稻葉。』

『唔、哦……』

我面向門攤開魔法書，擺出了唸咒的姿勢，簡直就像個獨當一面的魔法師一樣。心跳得飛快，甚至讓我覺得有點痛。

門終於打開了，那些白痴一個一個走了進來。他們的手上都拿著鐵管、鐵棒，眼睛閃閃發光，感覺好像很期待等會兒要把我們打死似的。

『嘿嘿嘿！』

『嘻嘻嘻！』

水窪就在他們的腳邊。那些傢伙們毫不猶豫，一腳踏了進去。我和長谷退到牆邊。

『你們幹了什麼好事啊？喂！我們的摩托車可被你們弄慘了，你們要怎麼賠償啊？喂！』

『交出身上所有的錢，還有你們的摩托車，聽到沒？』

就在領頭的傢伙朝我們這裡踏進一步時，長谷推了一下我的後背。

『「高塔」！伊達卡！』

魔法書《小希洛佐異魂》回應我的叫聲，發出了光芒。

『伊達卡！雷之精靈！』

劈里啪啦！空中開始放電了。電打到那些白痴高高舉起的鐵棒上，接著，他們腳下的水漥發出了『砰！』的一擊，緊接著還發出了亮光。一瞬間，那些傢伙全都倒了下來。

『成功了！』

我和長谷擊掌歡呼。不出我所料，雷之精靈的力量只有一瞬間，而且電壓大概也不怎麼高吧！不過能讓那些傢伙們觸電昏倒就夠了。

『怎、怎麼了?!』

剩下的白痴大概還有六、七個人，同伴們突然倒地不醒讓他們目瞪口呆。要是能因為這樣而嚇得逃走也就算了，沒想到他們竟然變得更加兇狠。他們把手上的鐵棒扔到地上之後，從口袋裡拿出小刀。

『你們到底想怎樣？要殺人嗎？』

長谷向前踏出了一步。哦~他的表情轉變成了平常絕對看不見的兇惡模樣。

『白痴，惹他生氣了吧！』

我低聲說。要是以為你們的對手是個溫柔的男人，那就大錯特錯了。沒有人告訴過你們『人不可貌相』嗎？

『拿出那種東西，就表示你們已經有覺悟要承擔相對的風險了吧？』

長谷一邊這麼說，一邊折響手指。

『少囉唆！』

其中一個白痴衝了過來，只見長谷輕而易舉地抓住他的手，毫不留情地把那隻手臂撞在自己的膝蓋上。啪嚓！骨頭折斷的聲音在房間回響。

『哇啊啊啊！』

他繼續抓著那隻被折斷的手臂，把那傢伙直接甩去撞牆。那傢伙的側臉撞上牆壁，緩慢地滑了下去，牆上殘留著血跡。唉！這下子連鼻梁都斷了吧！

看到這情況，下一個白痴雖然很害怕，不過還是衝了上來。長谷輕盈地閃過了對方的攻勢，等到那傢伙一回頭，便餵他吃了一記拐子。光是這麼一擊，那傢伙就不支倒地了。

長谷的動作相當流暢，毫不拖泥帶水，不過最重要的是完全不留情面。不是像功夫電影裡那種花拳繡腿，而是高段空手道的一擊斃命。而且他的速度變幻自如，簡直就像是電影『魔鬼戰將』裡的史帝芬席格一樣。

看到這麼厲害的武術之後，剩下的白痴果然還是怕了。他們不知自己該逃還是要採取進一步行動。我則因為長谷久違的華麗技巧而大飽眼福。

『主人。』

富爾跳到我的肩膀上，在我耳邊低語。

『啊？』

『如果你再不趕快把希波格里夫叫回來的話，牠就要飛到世界的盡頭了。』

『哦！我忘記了。』

我翻回『戰車』那一頁，對著破掉的窗戶喊著：

『回來！希波格里夫！！』

三秒後——

轟隆隆隆！大風吹起，希波格里夫朝著牠剛才撞破的窗戶，快速地俯衝下來。

牠巨大的爪子勾住牆壁，然後把頭伸了進來發出鳴叫聲。希波格里夫有著一張

像爬蟲類的臉，眼前這幅景象像極了電影『侏羅紀公園』裡的一幕。然後，牠被吸進了『戰車』那一頁。

我和長谷都嚇了一跳，不過看來那些白痴們可不是嚇一跳就能了事的。剩下五個白痴全都站著昏了過去。

走下樓梯的時候，我對長谷說：

『我能理解水和雷電的作戰方式。真虧你想得到書裡會有那種東西耶！是靈光乍現嗎？』

長谷露出了理所當然的表情。

『四大元素可是跟魔法密不可分的。我想那本書裡絕對會有這類的精靈。』

『四大元素？』

『火、水、土、風的精靈，因為這些是形成自然界的元素，而且這四個元素再加上木，就變成五行了。』

『為什麼你會知道這種事啊？』

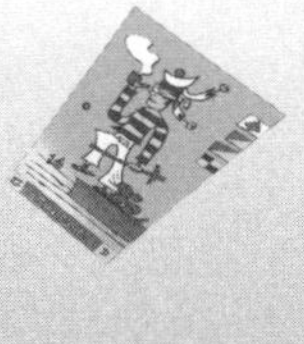

這傢伙還是沒變，是個很博學的人。

『我才想問你是怎麼被這本貨真價實的魔法書選為主人的咧，居然什麼都不懂。這樣子真的好嗎？』

長谷抖著肩膀笑說。這我也很想知道啊！

走到一樓之後，我們抬頭看著最高層，牆壁上有一個大大的洞。看到那個洞，我們瘋狂爆笑了起來。

『那些傢伙竟然站著昏過去了欸！跟小說情節一樣。』

『早知道一開始就在那些傢伙面前把希波格里夫叫出來了。』

『沒錯。』

我們大笑了一陣子之後，忽然看見那些傢伙停在廢棄工廠門口的摩托車。

我和長谷互相看著對方，然後露出了笑容。

『「力量」！哥伊艾瑪斯！』

《小希洛佐異魂》的『力量』那頁發出光芒。

『哥伊艾瑪斯！石造精靈人偶！』

哥伊艾瑪斯是一尊羅馬戰士風格的石像。他用將近三公尺高的身體，一一將那些傢伙的摩托車踩爛。

『不過，牠的活動時間只有一分鐘左右。一次使出的力量總和是三公噸。』

果然不是很管用，不過這樣就夠了。在一分鐘之內，哥伊艾瑪斯讓那些白痴的摩托車全變成了廢鐵。

然後，我們打電話告訴警察有人受傷，請他們派救護車過去那個地方，接著便騎著摩托車逃走了。

『耶——！』

『呀呼——！』

我們在早已沒有任何車輛的山路上極速奔馳，每轉過一個彎道，就忍不住放聲大叫，全身上下充滿了快感。長谷和我都因為體驗了平常很難想像的超自然現象而感到興奮不已。我們結合了超自然力量和自己的力量，渡過了難關。

開始西斜的陽光將藍空的顏色染得濃濃濁濁。街景在午後陽光斜射的樹林間漸漸接近，感覺格外美麗。

『稻葉！』

長谷一面極速行駛，一面叫著。

『哦？』

『給我全部說出來哦！』

『……』

『不准有事瞞著我！』

『……』

小學三年級的時候，我們還只是普通朋友，就像小狗一樣一起打滾一起玩。

後來，我的爸媽過世，他一直默默支持著躲進自己殼中的我，成了我的死黨。

我們可以擺出平常不會在人前顯露的模樣、傾訴不會對別人說的話；只有在彼此的面前，才會顯露出真我。要是有什麼想告訴對方的秘密，也確信『他一定能夠了解』。

我用力抱緊長谷的身體，代替回答，並且緊緊地抓住了他的衣服。

『肚子好像餓了！』

我大喊，長谷笑了。

『我也是。去家庭餐廳吧！』

『再讓我多吃一點好東西吧！』

『你哦～一心只想要我請客就對了。』

摩托車在春風中疾駛。

『歡迎回來。』

華子在妖怪公寓的玄關迎接我。華子是個無論何時，都只會在這裡說『小心慢走』和『歡迎回來』這兩句話的幽靈。她是個穿著和服的年輕日本美人。和服上的花紋變了，現在是櫻花的圖案。

『我回來了，華子。啊～好累哦……』

『啊！夕士。』

秋音的聲音從起居室傳了出來。

『你聽我說，昨天舊書商借我的那本被封印的書不見了啦！』

『啊……』

『我確定自己有帶去醫院。因為晚上很忙，所以我打算早上讓藤之老師看看，結果竟然不見了。真是的，我已經找遍整棟醫院了。』

『啊！秋音……怪不得秋音在早餐時間沒有出現。』

『一定是逃走了。』

舊書商在緣廊笑著。他和詩人、畫家一群成年人正在熱鬧地喝著酒。

『但是好奇怪哦！如果是封印狀態，就應該只是單純的書而已啊！怎麼會突然有了自己的意識逃跑？』

我慢吞吞地在背包裡翻找。

『別擔心，書在這裡。』

看到我手中的書之後，大家都嚇了一跳。

『怎麼會？』

我將昨晚以及今天發生的事全都告訴了大家。

秋音、詩人、畫家和舊書商都感到驚訝又佩服地笑了。秋音和舊書商果然知道《希洛佐異魂》是什麼。聽說在那個世界，那是一本超級有名的魔法書。《小希洛佐異魂》靜靜地躺在大家面前。

『哎呀，真是傷腦筋……』

舊書商一邊搔著頭，一邊嘆息。詩人吟唱著：

『橫越悠久的時間之海，在廣大的世界盡頭相遇。這也是一個奇蹟呢！』

『太誇張了啦，一色先生。悠久的時間之海、還有什麼在廣大的世界盡頭相遇的……我和這本書都不是那麼了不起的東西。』

我露出苦笑。

『但是，感覺得到命運的安排呢！』

『嗯。如果你不在這裡的話，就不會有這種相遇了。』

秋音和畫家都有很深的感觸。

『這……說得也是。』

奇蹟？命運？這兩樣我都不相信——至少在來這裡之前我不相信。

但是現在……

現在，我相信奇蹟和命運了。那是可以相信的。因為我覺得打從一開始我會被引導到這棟公寓來，就是奇蹟和命運了。

我伸手拿起《小希洛佐異魂》。

富爾說，他們在『找主人』。徘徊了好長一段時間，終於找到了，而那個主人就是我。比起熟知四大元素的長谷，我更適合當這本『魔法書的主人』，這是為什麼？『資質和感應力』又是什麼？

該不會……把我引導到這棟公寓來的，也是我的『資質』吧？

我應該把這個奇蹟當作命運接受嗎？——雖然對方已經認定我是書的主人了。

接下來，我該怎麼辦才好呢？

『你在說什麼啊？你的四周不都是專業人士嗎？』

詩人笑著說。

我看著秋音，秋音也點了點頭。

『什麼都可以問我，夕士，我什麼都會教你的。而且還有藤之老師和龍先生這些最厲害的專業人士，舊書商先生跟其他人也都會協助你的。放心吧！』

秋音握住我的手。

『我知道夕士希望能過著和超自然現象絕緣的普通生活。不過事情都演變成這樣了，你還是要學會一些知識比較好，以免遇到這方面的麻煩。你已經不能再置身事外，要多少學著掌握狀況了哦！』

我完全理解秋音說的話，立刻猛點頭。

『舊書商先生，這本書……我能跟你買嗎？』

『反正是人家送我的，你就拿去吧！』

舊書商誇張地聳聳肩對我說。畫家也笑了。

『再說，那已經是你的東西了吧！』

『非常謝謝你。』

我突然起了一陣雞皮疙瘩。對於接下來會發生的事情，我感到期待又怕受傷害，真是種無法形容的心情。

『喂喂，裡面有什麼樣的精靈啊？叫一些出來讓我們看嘛！』

詩人興致勃勃地靠了過來，畫家和舊書商也開始鼓掌。

『是啊是啊！快讓我們看看。』

我搔著頭苦笑。

『真的沒什麼了不起的。就像是吹過一陣風或滴落幾滴水的程度，還有一些用盡力氣也使不出什麼魔法的傢伙。』

『啊哈哈哈，真不錯呢！』

我開始翻動書頁。

『大致上，這裡面的精靈就跟塔羅牌類似。』

『那代表「死神」的牌，就能叫出死神來囉？』

『呃，這我就……因為我也不太敢叫死神……富爾！』

富爾在大家面前現身了。

『你叫我嗎？主人。』

『哦！』

大家明明已經對幽靈和妖怪很熟悉了，不知為何卻全都探身過來看。

『哎呀呀！大家都在。我是魔法書《小希洛佐異魂》的介紹人，也是夕士大人的忠實僕人，在下名叫富爾，代表0。日後，請記住。』

富爾這麼說完之後，很有禮貌地敬了禮。

『創造這本書的魔法師是誰啊？』

舊書商問。

『關於前任主人的問題，我無法回答。』

秋音點點頭。

『知道作者的話，就會知道書的秘密了，所以他才不能說吧！』

『叫「死神」出來會不會出什麼問題啊？』

『請不必擔心。』

『是嗎……那就試試看……』

我翻開了『死神』那一頁，上面畫著一個拿著大鐮刀的骷髏。

『「死神」！塔納托斯！』

從畫裡跑出來的雷電劈里啪啦地打在地板上。瞬間大家全都屏息以待。

『塔納托斯！侍奉冥界之王，是死亡大天使一族！』

出現在我們面前的『死神』，身高像個小孩子一樣，穿著黑灰色袍子，拿著一把小鐮刀。袍子下看不見臉，裡面是全黑的。除了小得太扯這點之外，感覺是還滿陰森的。然後，這個迷你死神喊著：

『你，三天之內會死掉！』

他手指著的，正是坐在沙發上的小圓。

『……』

隔了非常冷的一段『空白』之後，詩人拍拍我的肩膀。

『我很～了解這本書是什麼玩意兒了，夕士。唉！加油吧……』

『琉璃子！給我溫的酒，溫的酒！總覺得好像冷起來了。』

『再多拿一點下酒菜來，琉～璃子。』

大人們全都露出『算了』的態度，重新開始他們的宴會。也不用放棄得那麼快嘛！是你們說想看，我才讓你們看的啊！

『……所以……我就說不是什麼了不起的……』

『沒錯，塔納托斯還沒有做過任何修行，所以他不太會認死相，請安心。』

我不是在說這個啦！

『幸好不像真的《希洛佐異魂》那麼具殺傷力呢！夕士。』

秋音一邊嘻嘻笑著，一邊這麼對我說。

『咦？』

『操控靈、魔需要相對的能量，透過靈的道具吸收使用者的生命，才能發揮功效。』

『吸收生命？真的假的?!』

『所以如果這是真的《希洛佐異魂》的話，只要召喚一隻精靈，搞不好就會讓你昏倒了。』

這麼說來，我從剛才就一直覺得很疲倦。我還以為是因為一直出現突發狀況的關係。

『妳是說……會削減我的生命嗎？』

秋音看著我冒滿冷汗的臉說：

『就從明天開始吧！』

『啊？開始什麼？』

『提升靈力的訓練啊！要在春假集中特訓哦！我得先和藤之老師商量才行。啊！夕士，記得把所有的打工都辭掉。一開始訓練的時候，是沒辦法兩邊兼顧的。』

秋音天真爛漫地笑著這麼說，大人們也哈哈大笑，只有我傻傻地愣在一旁。事情的進展會不會太快了啊?!

『太棒了！果然是我們的主人，環境也完美無缺。努力訓練吧！主人。』

我突然很想捏扁氣定神閒地說著這些話的富爾。

我拖著充滿疲倦的身體回到房間，倒在棉被上。

『啊……』

我無法相信今天發生的事情。即使到了明天，這些事情全都變成一場夢境，我也不會覺得奇怪。命運總是這麼突然來臨，打亂我的人生。

不經意一看，我發現摺成一半的墊被下方有一枚五百圓硬幣。這是昨晚『金』變出來的五百圓硬幣。原來在這裡呀！

我拿起那枚五百圓硬幣，莫名其妙地大笑起來，自己也不知道為什麼。總之，我覺得一切都太可笑了。我趴在棉被上大笑，然後就這麼睡著了。

修行中

咚咚咚！有人用力敲我的門。

『什、什麼啊？』

睡得正香的我就這麼被吵醒了。看看手錶，現在是早上五點。

『是怎樣?!』

咚咚咚！

『夕——士——』

『秋音？』

平常的這個時間，她應該都在月野木醫院才對。我打開門，站在眼前的果然是秋音。在這種時間，她竟然還是活力十足。

『早。咦？你該不會沒換睡衣就睡覺了吧？』

『……要幹嘛？』

秋音『啪！』地合起雙手。

『晨練的時間到了。』

『啊？』

早上五點半，天還很黑，而且冷得要命。在冰冷到不行的空氣中，有好幾個青白色發光體在飄動，那青色的光芒，更讓人覺得寒冷。

我就穿著一條泳褲站在公寓的前院裡，眼前是拿著裝滿水的大臉盆和水管的秋音。

『來，夕士，進去吧！』

『哦……』

冷水浸泡到腳踝，雞皮疙瘩瞬間爬過全身上下。

『嗚哦哦哦哦！』

『沒關係、沒關係，很快就習慣了。』

笑咪咪地這麼說著的秋音，看起來就像個魔鬼。這個看似可愛的女魔頭拿起水管將水沖在我的膝蓋上，然後是大腿。每往上一點，我就感覺到雞皮疙瘩接二連三地出現。

『那差不多要來了哦～♪』

秋音『輕描淡寫』地說完，就毫不留情地將冷水從我的頭上倒下來。

『嗚哇啊啊啊啊啊啊啊！』

寒毛直豎的皮膚彈開了水。

『吟誦經文，夕士。』

我牙齒打顫，開始誦讀秋音準備的經文——已經做好了防水措施。

『羅、羅、羅、羅凱羅凱羅凱　塔凱塔凱塔凱……這、這、這是什麼？』

『提高靈力的經文啊！我知道很冷，不過你還是要集中精神吟誦經文。』

被澆了一頭冷水之後，要怎麼集中精神吟誦這個莫名其妙的經文啊？

我心灰意冷地大聲誦經。

『羅凱羅凱羅凱　塔凱塔凱塔凱……』

冷得我全身發痛！我一邊踏步，一邊拚命地吟誦經文。口中吐出來的氣息都是白色的。

『可惡！為什麼我非做這種事情不可?!』

我在心中哀號，不過不知道為什麼，我的眼睛就是離不開經文，嘴巴也不停地

吟誦著：

『羅凱羅凱羅凱……』

我說啊，我是真心想要回到公寓的，可是我從來沒想過要當什麼魔法師啊！這就是所謂的『青天霹靂』吧！我又不是自願當魔法書的主人。想要住在妖怪公寓，也是因為想過著平穩無事的生活啊！

『夕士，可以了。』

『欸？什麼？』

我突然發現四周已經完全亮起來了。

『咦？奇怪？』

我四處張望，朝陽從藍天中射下晨光，公寓的前院亮晃晃的。青白色的發光物體消失了，蝴蝶和蜜蜂在綻放的花朵上飛舞。

『好啦！去浴室暖暖身子，準備吃早餐吧！』

秋音將浴巾披在我身上。

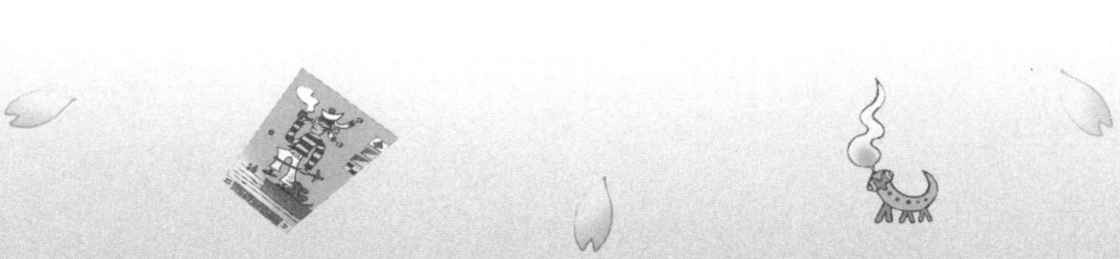

『結、結束了嗎？』

『兩個小時就夠了。』

『兩個小時？已經過了兩個小時嗎？』

『對呀！現在已經七點半了。』

『真的假的？我有好好唸經嗎？』

『有啊，你一直都在唸哦！』

秋音笑了，我則是完全摸不著頭緒。沒想到竟然已經過了兩個小時，難怪天都已經亮了。我完全無法相信，我還以為只過了五分鐘而已。

『怎麼回事啊？』

我全身浸泡在熱呼呼的溫泉裡，怎麼想都想不透。我只記得自己開始吟誦經文時的事，接下來再恢復意識的時候，就已經是兩個小時後了，簡直就像是穿越時空似的。

洗完澡之後，我的肚子餓得不得了，甚至覺得有點頭昏眼花。聞到從餐廳飄過來的香味時，我覺得自己都快昏倒了。

『喲！修行得如何？新人魔法師殿下。』

『早上還那麼冷就用「水行」，真是正統呢！』

畫家和詩人開懷大笑。能夠讓他們開心還真是我的榮幸。

『在成為魔法師之前我就會先餓死了。』

我搖搖晃晃地在位子上坐下來，早餐瞬間在我的眼前出現。

『修行會讓人肚子餓哦！來，這是特別菜單。』

秋音拜託琉璃子特別準備了我的個人餐點。

『醋佐蘆筍牛肉捲，早上才剛摘下來的滿～滿的番茄小黃瓜沙拉，還有放了溫泉蛋的牛肉拌飯！』

牛肉的味道真是太香了，番茄和小黃瓜的鮮豔色彩也好漂亮。

『一大早就吃牛肉？而且量還超～多的。』

『吃肉好嗎？我還以為他要吃苦行僧的精簡料理咧！』

詩人和畫家都很驚訝。秋音笑著說：

『這又不是宗教修行。對夕士來說，營養均衡的豐盛食物是最棒的。體力是基本中的基本嘛！而且他現在又是發育期。』

『太～好～吃～啦！』

我吃完了一大碗牛肉拌飯之後，又吃了三大碗白飯。在熱騰騰的白米飯放上小魚碎末，再淋上醬油，光是這樣子就可以吞下肚了。當然也不能忘記蜊仔味噌湯和醃漬白菜。

『我現在知道秋音的食量為什麼那麼大了。』

『對吧♪』

在扒飯的時候，我對著同樣也在扒著大碗飯的秋音說。

詩人和畫家看著我們大笑。

『閃亮的青春……對吧？』

『是嗎？我倒覺得像是大胃王選手資格賽。』

好不容易放鬆下來之後，我一邊喝著咖啡，一邊和詩人他們聊天。

『開始吟誦經文以後，時間的感覺就消失了。我原本以為只過了五分鐘，結果竟然已經過了兩個小時。』

『因為你進入凝思狀態了啊！』

『凝思？』

『就是冥想，意志非常專注的狀態。』

當然，我從來沒體會過什麼冥想的狀態。這種狀態是那麼容易進入的嗎？

『要看條件啊！而且夕士吟誦的經文本來就能讓人更快進入凝思狀態。不過夕士果然有資質，竟然只感覺到五分鐘，專注力真是驚人。』

『是、是嗎？』

她是在誇獎我嗎？我該覺得高興嗎？我也搞不清楚。

『冥想狀態，就是腦中的α波活躍起來的狀態。曾經發生這麼一件事……』

詩人說：

『印度的樂器中，有一種叫做西塔琴的弦樂器，據說它的音色能夠刺激人腦內的α波。有個人想要彈西塔琴，於是便開始撥弦彈奏……結果他再回過神來的時候，已經過了四個小時了。』

『哇！』

『跟你一樣吧？彈奏西塔琴的時候，那個人就進入了凝思狀態。』

『時間飛快過去的感覺是很常發生的。集中精神工作的時候，不也是這樣嗎？』

哦！原來如此。我偶爾也會碰到一注意到時間，才發現已經過了好幾個鐘頭的狀況。讀有趣的小說、還有唸書的時候都會這樣，那也是某種凝思狀態嗎？

『那是大腦負責潛意識的部分在活躍運作的關係，而那個部分，同時也負責控制超能力或通靈能力哦！』

我打從心底感到佩服。在電視上看到的超能力者或是靈能者，全都像是招搖撞騙的神棍，所以我也從來沒當一回事。不過真正的靈能者，確確實實存在於世上。超能力和靈能力都是未經過科學證明、科學也無法證明的，不過認識了秋音和龍先生之後，我才覺得這些能力是很『科學』的，真不可思議。

『總之，即使在科學最先進的地方，還是有很多事物和現象是無法用科學驗證

的。分子中的構造仍有不明之處，科學也無法證明「那種東西」的存在。說到這裡，是不是好像變成在談論鬼魂或超能力了？』

『以前說的魔法，其實就是科學。現在的科學，也要開始試著回到當時的初衷。』

秋音和詩人的話讓我覺得有點感動。無論科學再怎麼進步，答案也許令人意外地就在出發點也說不定。

『接下來……』

秋音站了起來。

『在進行下一個課程之前先休息一下吧！夕士。』

『啊？還要訓練啊？』

『還要訓練呀！』

理所當然地說完之後，女魔頭露出了可愛的笑容。

『先這樣囉！加油啦，新人。』詩人說完就離開餐桌。

『好～那我先去打掃玄關。』秋音也拍拍屁股閃人了。

『……』

我一個人孤零零地坐在起居室的沙發上。小圓爬到了我的旁邊，一直抬頭看著我，然後用他那小小的手拍拍我的膝蓋。

『小圓。』

我抱起了小圓。

『只有你跟我同一國啊！』

我只記得自己說了這句話。之後，我好像就這麼昏迷似的睡著了。

被秋音叫起來的時候，我是抱著小圓和小白一起睡著的。秋音嘻嘻笑著說：

『好像跟孩子們一起睡覺的爸爸……不對，應該說是抱著絨毛娃娃睡覺的小孩才對。』

『……』

明明就只大我一歲，妳哪有資格說我啊！

『好，先吃中飯吧！』

秋音在起居室的桌上擺了一個盤子，上面放著一片焦得恰到好處，看起來美味無比的吐司麵包。

『……就這樣？』

『啊！還有果菜汁。』

『就這樣……？』

『現在不要吃太多比較好。那就待會兒見啦！』

『哦……』

我開始一口一口地吃著吐司。真好吃。口感酥脆，上面還塗了滿滿的蜂蜜和奶油，僅僅一片吐司麵包，也讓我覺得奢侈了。

吃完之後，秋音把我帶到公寓一樓的深處，那裡有一間空房。

三坪大的房間空盪盪的，黑漆漆的房間正中央立著一根蠟燭。秋音點燃了那根蠟燭。

『坐好，夕士。來，這次要讀的是這個。』

秋音交給我一份類似經文的東西，上面的標題我有印象。

『般若心經?!』

『……要用訓讀⑨。』

『訓讀？好……呃……觀自在菩薩……行深般若波羅密多時　照見五蘊皆空度一切苦厄……』

『舍利子　色不異空　空不異色　色即是空　空即是色　受想行識亦復如是。』

我模仿秋音唸著《般若心經》。雖然上面注有假名⑩，不過我還是有唸沒有懂，畢竟這是我第一次看到《般若心經》的內容。《般若心經》的訓讀要用古語的音調唸吧！怪不得唸起來有種懷舊的感覺。而且，訓讀讓人能夠逐漸了解經文的意思，我忍不住越唸越起勁。

黑暗的房間裡，在一盞燭光陪伴下，我跟著秋音重複讀著《般若心經》。

突然，我感覺到自己吟誦的經文在腦海中響了起來，而且越來越強烈，感覺就像合唱似的重疊了兩、三層聲音。

『哦、哦、哦……?!』

我的嘴巴還在吟誦經文，可是我的意志卻在自己腦海中層層疊疊的經文之間，一圈圈地盤旋著。

經文變成一串串文字連結在一起，並有如波紋般彎曲重疊，時大時小，穿過了我的身體，然後又抽了回去。

我在經文之海中翻滾，就像在波浪上的葉片一樣。飄飄然的暈眩感覺，讓我有點舒服、又不太舒服。

『這就是午餐只有一片吐司麵包的原因嗎？原來如此，如果肚子吃太飽的話，可能就會吐了。』

我不知道這個現象是如何產生的，不過我想一定有個正規的理論吧！

秋音是照著理論在做的，所以才能讓我這個外行人接受，並且感到放心。

『好了，就先這樣吧！』

秋音的聲音將我喚了回來。她打開門之後，我感覺到空氣的對流。

❾日文的漢字有『音讀』和『訓讀』兩種唸法。『音讀』近似漢語讀音，『訓讀』則結合了日文讀音的唸法，對日本人來說，用訓讀比較容易了解字義。

❿假名類似注音符號，只不過假名除了標示讀音，在文法和意義上也有功用。

突然，我感到身體異常地沉重，身上的汗全飆了出來，頭腦也昏昏沉沉的。

『嗚哦！』

正當我想站起來，身體卻不聽使喚，應聲倒地。

『啊，腳麻掉了……啊！抽、抽、抽筋了！麻掉了！抽筋了！好、好痛！』

秋音笑著幫我按摩雙腿。刺痛的麻痺感和按摩的舒服感讓我天人交戰了一番。

『你很努力了哦！夕士，以初次嘗試的人來說，你做得很好。』

『意思是……』

『現在已經是下午五點了。』

『真的假的?!』

這次是將近五個小時不翼而飛了。相較之下，我的疲勞程度也不是開玩笑的。

身體像鉛塊一樣重，讓我連站都站不起來。不但汗流浹背，整顆頭還像貧血一樣酥麻酥麻的，而且肚子太餓了，害我有點想吐。

『先喝杯水吧，慢慢喝哦！』

我咕嚕咕嚕地將秋音遞給我的一大杯水喝得精光。

『嗚啊！真是好喝！我活過來了。』

『真的是甘露對吧？』

喝完水之後，身體感覺輕鬆多了，但還是站不太起來。這個時候，舊書商跑來探班了。

『喲，還真的在練啊！』

『正好，舊書商先生，你幫我帶夕士去泡澡。』

我瞪大眼睛看著秋音。『幫我帶夕士去泡澡?!』

『沒、沒關係，我一個人去就行了。』

『不行。你連站都站不起來了，不要逞強。』

『可、可是……』

『不想要我幫你的話，可以拜託麻里子呀！反正她不是人，你也不用害羞了。』

舊書商賊笑著說。可惡，我沒有選擇權就是了！

妖怪公寓的走廊傳出我的慘叫聲：

『不要像抱新娘子一樣抱我啦——！』

『你動不了、動不了♪』

『去好好流個汗吧！我會幫你準備晚餐的。啊！我會叫一色先生拿換洗衣物過去給你。』

這也是『修行』之一嗎？我被舊書商抱著、剝光衣服，他還很細心地把我放進溫泉裡。對方是妖怪公寓的資深房客，所以我不至於覺得丟臉，只是身為男人的自尊還是稍微受創了。

可是一泡進溫泉裡，不知道是不是因為血液循環變好的關係，我的精神也恢復了。泡完溫泉起來的時候，我已經可以走了。溫泉果然厲害！

壞心的大人們早就已經聚集在餐廳裡了。詩人、畫家、山田先生和麻里子他們一邊喝著啤酒，一邊開我玩笑。

『為新人魔法師乾杯！』

『乾杯！』

『慶祝魔法書在幾百年之後終於解除封印！』

『乾杯！』

完全不懂人家的心情還在那裡擅自慶祝，還多虧我跟他們相處了一段時間咧……不過我的肚子實在太餓了，連抱怨都沒力氣。

『哦哦，這個薄片是什麼？河豚？』

舊書商飛也似的跑到餐桌旁。

『星鰻，脂質比河豚還多，很好吃哦！』

『嗚哦～』

星鰻薄片，配上炸櫻花蝦和蠶豆、芝麻豆腐涼拌山菜。外觀看起來光彩炫目，感覺很高檔。這還是我第一次吃星鰻生魚片呢！

『雖然有脂質，可是反而很爽口欸！』

『好吃～果然還是要吃生魚片啊！』

『太狼吞虎嚥的話，待會兒就會吃不下了哦，夕士。』

秋音邊笑邊端出了下一道夢幻逸品。

『精力蔥叉燒肉蓋飯，還有無限續碗的迷你拉麵。』

『真棒，看起來好好吃。』

除了切得薄薄的叉燒之外，蓋飯上放了一大堆蔥、烤海苔和芝麻。浸在雞肉高湯裡的爽口拉麵，則有炸雞肉絲加蔥段、薄肉片加蔬菜兩種口味。

蓋飯的叉燒肉和海苔味道非常合，芝麻的香味也讓餐點錦上添花。至於拉麵的部分，兩種口味各吃一碗根本不夠！停不下來！清爽的高湯和分量十足的料更是絕妙的搭配。我覺得自己的體力迅速恢復了。

『拉麵～日本人的靈魂！』

舊書商一邊因為感動而哽咽，一邊拚命吃著拉麵。我雖然不像舊書商那樣一年半沒吃到拉麵，但仍因這美味感激涕零。我一聲不吭地死命吃著。

『輔助工作也做得很稱職哦，秋音。』

麻里子單手拿著啤酒，對秋音眨了一下眼睛。啊！這個動作怎麼這麼正點啊？感覺就像電視廣告一樣。

『夕士是外行人，又很年輕，所以在追求心靈層面提升之前，得先補充體力才行。只要有了體力，心靈就容易滿足，習得的能力才能更加持久。』

『真是有前瞻性又務實的論點，真想讓那些騙人的新興宗教家見識一下。』

大人們笑了。

『因為夕士並不是要成為一個正統的魔法師嘛！利用苦行脫離自我什麼的，這種事情連我也做不到。夕士目前最需要的就是「基礎體能」。』

『基礎體能？』

『至少要擁有能讓自己的使魔發揮基本能力的靈力呀！』

『是這種層面的「基礎體能」嗎……』

『因為之後會使用到的靈能力，又是另外一個層次了。』

我單純的身體百分之百吸收了琉璃子特製的超級美味餐點，立刻恢復了體力。飯後甜點是裹著羽二重粉⓫、彷彿上了粉妝的賞花三色丸子。享用完高級點心之

⓫羽二重粉是粒子最細、潔白度最棒、味道最豐富的最高級糯糬粉。

後，今天一天就到此結束。體力恢復了，接下來就要好好補眠。

『原來如此。照這個狀況，根本不可能去打工嘛！』

我拖著疲憊的身子蹣跚地走回房間。秋音在走廊上對我說：

『馬上就會習慣，到時候就可以打工了，夕士。要忍耐哦！』

『好。』

我笑著舉起手，秋音也舉起了手。

『那我走囉！』

對哦！她接下來還要去妖怪醫院打工——她從早上五點就陪著我一直修行到現在。

『……太厲害了！』

現在的我，終於能深刻體會到這個高中女生有多了不起。

過了一個禮拜之後，我的身體終於習慣了。中午唸了五個小時的《般若心經》以後，我也可以自己去洗澡了。

這一個禮拜，我從早到晚都在修行、吃飯、睡覺、修行、吃飯、睡覺（說是修行，其實也只是猛誦經而已），除此之外什麼事都沒做，我也不記得我還做了什麼。重要的《小希洛佐異魂》也一直放在桌上，連一次都沒翻開過。我沒有多餘的體力做這些事。光是做最低限度的必要動作就已經讓我用盡力氣了——比方說去洗澡，或是上廁所。

不過，漸漸地，這些修行對我來說好像變得不那麼吃力。吟誦《般若心經》的時候，我的頭腦不再昏昏沉沉，也更能將精神集中在經文上了。

『真不愧是年輕男生，這麼快就訓練出力量了。』

吃晚餐的時候，秋音這麼說，才十七歲的她語氣卻像個歐巴桑。秋音調整了打工時間，一直陪著我修行。

『我已經可以一個人去洗澡，也習慣吟誦經文了，所以妳不用一直陪著我，秋音。』

不過秋音搖搖頭。

『在凝思狀態時，意識會出現很大的漏洞，神靈和妖靈特別喜歡這種毫無防備的狀態。特別是靈能力修行的時候，身邊一定要有專業人士坐鎮才行。』

我不由得停下了手上的筷子。

『……所以說，容易被附身？』

秋音用力點點頭。

『而且也很容易失去理智。因為是某種層面的自我解放，不好好看著的話，外行人身上就會發生奇怪的狀況。』

『奇怪的狀況……是指什麼？』

『嗯……心理受過創傷而有陰影的人，就會因為喚起那段記憶而失心瘋，恐懼會佔據他的心靈，導致精神異常，或是因為異常激動而引起心臟病發作等等。』

『跟吸毒的副作用感覺很類似。』

『是一樣的哦！只不過那些人是用毒品來自我解放而已。不過在自我解放的時候，如果不謹慎控制自己的意志、不緊緊抓住自己的心的話，就會陷入危險。利用毒品輕鬆地進行自我解放時，反作用力也是很強的。』

『哇！』

『其實「自我解放」是非常恐怖的。不是有很多自我啟發課程、瑜伽道場和精神修行等等，打著類似「自我解放」的招牌招搖撞騙的神棍集團出過問題嗎？那些地方都沒有專業人士，可是卻隨隨便便說讓人們自我解放。有很多人就是因為這樣，後來真的變得頭腦有問題。』

『好恐怖。』

『啊啊啊啊～咖哩的味道！』

舊書商喜孜孜地走進餐廳。今天晚上喝酒的大人不在，所以琉璃子做了適合年輕人的晚餐。

燉牛肉塊的濃稠咖哩上鋪著一層軟綿綿的起士。海鮮蔬菜沙拉淋上清爽的梅子紫蘇醬汁，可以直接用湯匙挖來吃。一旁還擺著琉璃子自製的爽口福神醬菜和醃紅蔥頭。

『嗚哦哦哦～超好吃的！我也一年半沒吃到咖哩了。咖哩也是日本的最好吃！』

舊書商連咬都來不及，連連將咖哩吞下肚。

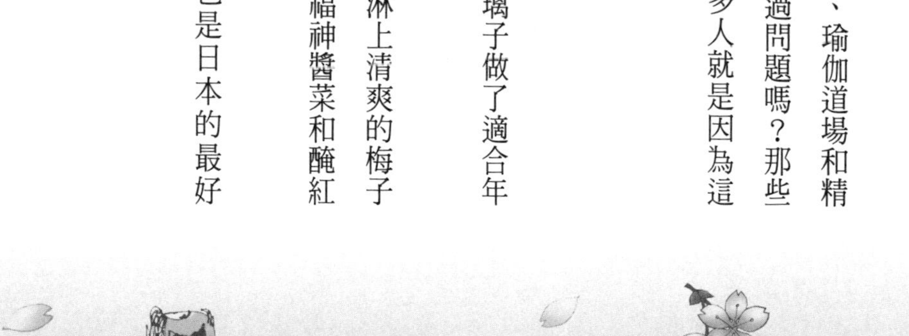

『舊書商先生，你不是去了印度嗎？我聽說印度的咖哩也很好吃啊！』

『確實是這樣，當地的辛香料還是比較正統，種類也多得數不完。但是我還是喜歡日本的咖哩，因為比較合我的胃口嘛！』

我們用力點頭，然後三個人異口同聲地說：

『琉璃子，再來一碗！』

在餐廳裡充滿了咖啡的香氣時，我對秋音說：

『秋音，跟妳說一件事……』

『什麼事？』

『明天……我想要暫停修行一次。』

『啊，你要去哪裡嗎？』

『不是，就……我有朋友……要過來。』

秋音和舊書商對看了一眼。

『就是你之前說過的那個叫長谷的男生嗎？』

我點頭。

『他和家人去旅行……今天應該已經回來了。所以……他說，明天想來這裡……』

那一天，長谷請我吃晚餐的時候，我告訴了他『妖怪公寓』裡，妖怪、精靈和人類一起生活的事，而且我也告訴他這樣的生活是非常愉快的。

我還告訴長谷，我在妖怪公寓學到了很多東西，離開這裡的時候我真的覺得很寂寞，而能夠回到妖怪公寓又讓我覺得多麼幸福，以及《小希洛佐異魂》的事。

長谷默默地聽我訴說一切，表情很鎮定。聽到琉璃子煮的飯很好吃時，他覺得很佩服；聽到秋音和龍先生的事情之後，他也大吃一驚；聽到小圓的故事時，他甚至皺起眉頭；聽到有趣同伴們的事情，他也跟著哈哈大笑。

『我從明天開始要跟家人去旅行。我是不想去啦！只是非去不可。回來之後，我就會去公寓找你，稻葉。把大家介紹給我認識吧！我得請他們多多照顧你才行。』

雖然長谷這麼說了，我還是覺得有點猶豫。想到這件事就覺得心跳得好快。

當長谷真的來到這棟公寓之後，他會怎麼想呢？親眼看過富爾和希波格里夫之後，長谷是應該不會覺得這棟公寓是很危險的地方了，不過若他還是不能接受的話，我該怎麼辦？要是那傢伙無法接受的話，我……

『長谷幾點會來這裡？』

『啊？呃、哦哦，嗯～應該是中午之後。』

『是嗎？』

秋音咧嘴一笑。我總覺得這個微笑有點恐怖。

『那早上的「水行」還是可以照常進行囉♪那就明天早上五點吧！』

明明人家已經像純真少女一樣緊張不安了，她卻還是一副『跟平常沒兩樣』的態度。以後是不是不管我再怎麼努力，都還是會被這個女孩牽著鼻子走啊？

『好。』

我只能乖乖回答。

『哈哈哈哈哈哈！』

舊書商在旁邊大笑。

BOOK
MASTER

風和日麗。

陽光和煦，天氣暖呼呼的。路上的女生，身上都穿著春天的亮麗色彩，只見滿街五彩繽紛。

長谷準時來了，我引導他從馬路上騎到公寓門口。

把機車停在公寓的前院之後，長谷慢慢地環視庭院和公寓。大白天，這裡暫時還不會出現奇怪的東西。

眼前是平靜、安穩的春天庭院，只不過翩翩散落的櫻花下，開著紅色的薊花，不知道長谷有沒有注意到其中的奧妙。

『雖然房子有點老舊，但這地方還滿不錯的嘛，稻葉。我還以為會更陰森恐怖咧！』

我只能笑臉以對。

『你的行李還真多啊！長谷。』

摩托車後座綁著一個紙箱，裡面塞了一大堆東西，甚至還有一大束花。長谷一邊拿下安全帽，一邊用一副理所當然的口氣說：

『我是來拜託人家好好照顧你的，怎麼可能空手來？』

『太誇張了吧！』

長谷盯著苦笑的我看。

『稻葉，你……』

『怎樣？』

『瘦了哦？不對，應該說變結實了……你在做重量訓練啊？』

『沒有，我根本沒運動，這一個星期我根本沒時間……啊……』

早上和中午的修行消耗的體力，根本不輸給一般的運動。我每天都在鍛鍊身心、吃好吃的飯、泡溫泉，一個星期下來，能有這樣的成果其實並不奇怪。

『原來是這樣。』

『怎樣？』

我告訴長谷這一整個星期的事。他瞪大了眼睛佩服地說：

『你做的事情真的跟和尚一樣呢！真厲害。好好玩哦！』

『你白痴啊？要是我不這麼做的話，身體會吃不消的。使喚那些精靈的時候，會削減我的生命耶！這可不是在開玩笑。』

我們走進玄關，秋音剛好從二樓下來。

『啊，她是久賀秋音。秋音，這位是長谷泉貴。』

『哦哦！你好。』

秋音說。接著長谷送上了他帶來的那一束大得要命的花。

『多謝妳照顧稻葉了。』

『這是送我的嗎？好～棒哦！我還是第一次收到花耶！』

面對感動的秋音，長谷又繼續進攻。

『我昨天才從歐洲回來。我說要買糖果、餅乾送給女生，那邊的人竟然笑我很孩子氣。不過我聽稻葉說秋音小姐很注重吃，所以……這是巧克力和餅乾的綜合包。』

幾乎要用雙手環抱才拿得住的大盒子裡，放了鐵罐裝餅乾以及各式各樣的巧克力，而且包裝、擺設和配色都經過設計，非常可愛。

『好漂亮！好可愛！謝謝長谷，這個好棒哦！』

看到秋音萬分感動的樣子，長谷滿意地點點頭。關於秋音的事，我只是前陣子稍微跟長谷提過而已。他這種抓住人心的能力真驚人，怪不得能讓異於常人的不良少年一一臣服於他，真不愧是長谷，我不得不向他脫帽致敬。

必要時，不惜花費一番苦心及金錢做好前置作業——這是長谷奉行的主義之一。

『在小地方用心，就會讓對方留下很深刻的印象，知道有人在關心自己，這樣的想法會變成一種信賴，日後就會得到回報。「人情是做給自己的」這句話說的就是這個道理。』

長谷對著我舉起大拇指，眨了眨眼睛。

詩人和畫家在起居室裡。

『你們看你們看，長谷送我這～麼多東西哦！』

『妳像個演歌歌星一樣呢，秋音。』

『哎呀！這個男生就是夕士的死黨嗎？』

『初次見面，我是長谷泉貴。』

打完招呼之後，長谷便把我拉到他旁邊坐下，然後把我的頭壓向地板，自己也深深地低下頭。

『平常真是謝謝各位照顧稻葉了。接下來，也請多多指教。』

長谷的手壓在我頭上的力量，感覺就代表了他的心情——不過他實在太用力了，壓得我的頭好痛。

從國小時代開始，我們就常常去對方的家裡玩。但是上國中之後，卻再也沒這樣過了。我絕對不會叫長谷到伯父家來。不是因為伯父他們禁止，而是我自己不願意。後來，我也沒有再去過長谷家。

長谷應該理解我當時的心情，所以他什麼也沒說。在我第一次開口拒絕他之後，他就再也沒有提過要去對方家裡玩的事了。

現在，我終於可以招待長谷到『自己的家』來了。無論對我或是對長谷來說，這都非常令人高興。頭被壓在地板上的同時，我突然覺得有點感動。

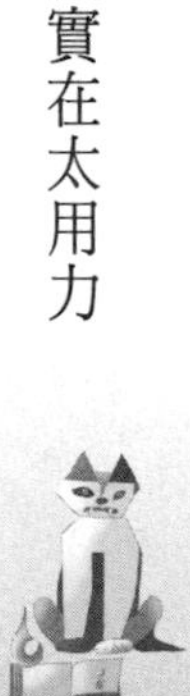

『聽說大家都很喜歡喝酒。如果各位不嫌棄的話，就請喝吧！』

長谷在詩人和畫家面前擺上三個酒瓶。詩人看了看酒標，露出驚訝的樣子。

『法國香檳王？而且還是陳年的耶！』

『香檳王～是香檳啊！』

『我聽說各位常喝日本酒和威士忌，所以想說偶爾換個口味也不錯……』

長谷一邊這麼說，一邊若無其事地在酒瓶旁邊放了兩個罐頭——那是魚子醬。

詩人大笑出聲。

『真是周到啊！』

畫家咂了兩下舌頭。

『香檳王跟魚子醬……這哪是小鬼可以拿來送人的東西啊！』

長谷抬頭看著畫家，若無其事地說：

『很抱歉，我的個性就是這樣。』

看來畫家似乎很喜歡長谷這副狂妄的態度。就像黑道版的英雄惜英雄吧……我是這麼覺得。

這個時候，小圓和小白來了。長谷和我都嚇了一跳。

『這是……小圓跟小白？』

我微微點頭，沒有說話。

長谷真的很認真地和小圓、小白互相看著彼此。

『真厲害……連我都看得到……啊，還摸得到耶！』

長谷用右手摸摸小圓的頭，左手則摸著小白的頭，小白舒服地瞇起眼睛。我和其他人一直看著這個畫面，緊張得差點發抖。

『什麼啊……根本很普通嘛！哈哈，好棒哦！』

看著長谷對我露出笑臉，我才稍微鬆了口氣。

『好……接下來我要跟琉璃子打招呼。』

長谷俐落地站了起來。看到只有手腕以下部位的琉璃子，長谷會怎麼想呢？應該還是會寒毛直豎，背脊發涼吧！

『平常真是謝謝妳照顧稻葉了。稻葉會那麼健康，完全是琉璃子的料理的功勞。每次我跟他見面，他都會驕傲地誇讚琉璃子的手藝，我聽了真是非常羨慕。』

在一旁看到長谷非常認真地對著飄浮在微暗中的一雙手說話，我真的覺得很好笑。雖然一看琉璃子就知道她『不屬於這個世界』，但長谷在她的面前並沒有退縮懼怕。也是，我已經大概告訴過他這棟公寓裡的居民大概的樣子了。

『這是我在巴黎買的玫瑰護手霜，送給妳。』

除了花束之外，還收到護手霜的琉璃子，更加害羞地扭著手指。

『真的很周到呢！這傢伙一定會出人頭地的。』

詩人再度大聲笑著說。

『還有，聽說你們喜歡吃饅頭跟糯糬……』

長谷帶來了十盒有名的饅頭和糯糬，盒子全都拆開了，放在緣廊和走廊上。

琉璃子泡了香味四溢的蕎麥茶。蕎麥深層的芳香遍佈了整個起居室。

長谷看著小圓吃饅頭的模樣，好像覺得很不可思議。這個畫面很溫馨，讓我不禁露出了微笑。

『哇！你是那間大企業的重要人物的兒子，這樣等於未來有保障了嘛！』

『所以你才會努力學習如何成為領導者啊？』

『就各方面來說是這樣沒錯。』

『這家的饅頭真的好好吃。』

『秋音……妳真的很能吃欸！』

大家你一句我一句，愉快地閒話家常。

在妖怪公寓裡，長谷和我一如往常地一起談天說笑，這讓我打從心底覺得開心。

起居室裡暖烘烘的，緣廊那裡還可以看到櫻花飄散、春意蕩漾的庭園景致。空中有個像水母的東西在飛舞，還有像狸貓一樣的東西用兩隻後腳走過。放在緣廊的饅頭數量在不知不覺間減少了。看到這幅景象的時候，長谷先是驚訝，然後微笑，似乎覺得很好玩。

『長谷，你要留在這裡吃晚餐吧？琉璃子在問你想吃什麼。』

『只要是琉璃子做的東西，什麼都好。』

長谷開心地回答。

『要不要乾脆住下來？晚上的公寓很有趣哦～』

詩人打趣地說，不過這讓我開始感到緊張。

妖怪公寓的面貌在白天和晚上有點不同。晚上的靈氣濃厚，看得見的妖怪數量也會變多，有時還會出現讓人心頭一顫的畫面。長谷看了那些東西之後，會不會出問題呢？

『當然，我今天本來就是打算來住一晚的。』

長谷笑容滿面地這麼說，不過我立刻反駁：

『我、我怎麼不知道？住一晚……你要睡哪裡啊？』

『當然是你的房間啊，稻葉。不過如果能睡在秋音的房間裡，我會更樂意♪』

『秋音晚上不在哦！』

詩人笑著說。

『棉被……也只有一床……』

『一起睡吧，稻葉。我們以前不是也一起睡過？』

長谷一邊這麼說著，一邊把我推倒。

『那是國小的時候吧！我現在可不想還像小時候那樣黏在一起睡覺。』

『可是人家想嘛～♪』

大人們看著打成一團的我們倆微笑。

『不錯嘛！在朋友家裡辦個睡衣party。』

『不過都是男生，感覺有點悶呢！』

春陽漸漸西斜。

琉璃子大展廚藝時流洩出來的香味，開始在妖怪公寓裡飄蕩。隨著香氣四溢，屋子裡各個角落也開始蠢蠢欲動。

染成紅色的天空中，有類似蝙蝠的影子在飛舞。樹蔭下、牆壁的另一頭、天花板的暗處出現了頻頻窺伺著這裡的東西。傳來陣陣看不見身影的腳步聲和東西移動的聲音。『非人類』的存在彷彿潮水一般充滿了四周。

在夕陽西下的院子裡，草叢暗處、花朵暗處，如同染色般的光芒開始一閃一

滅，那絕對不是昆蟲的竊竊私語。它們飄飄蕩蕩，開始了不規則的移動。

長谷似乎完全感受到『那些東西』的存在了，他有時候會嚇一跳似的回頭看著背後。我看得出他已經不太冷靜了。

『你還好吧……長谷？』

我不由自主地小聲問他。長谷一臉認真地回過頭說：

『這就是「那個」吧……稻葉。』

我感到心頭一驚。

『什、什麼？』

『簡直就是「那個」啊……「神隱少女」啦！』

『……啊？』

我差點從椅子上摔下來。長谷握著拳頭說：

『我超喜歡那一幕的！就是太陽下山，街道上的燈開始點亮的同時，精靈也全都跑了出來那一段。各式各樣的神明開始聚集那幕我也超愛！』

『……哦。』

『你不覺得很像嗎？你不覺得那幾幕跟現在這裡的感覺很像嗎？』

『……哦，嗯……你這麼一說……』

『感覺就好像在那部電影的那個場景裡面欸！真令人興奮，對吧？』

長谷喜孜孜地拍著我的背。我突然覺得之前那麼替他擔心真的好傻。我當時的純真情懷在這一刻都煙消雲散了。怎樣？太天真？是我太天真了嗎？

恰好在這個時候，晚餐準備好了。

琉璃子不知道該不該配合經常在家裡吃西餐的長谷的口味，不過看來到了最後，她還是決定端出我們平時常吃的東西。

餐桌上擺滿了色、香、味俱全又豐富的豪華料理，有春季時蔬和肉、魚、豆腐，味噌口味的勾芡料理，還有油炸料理、涼拌料理……全都是下飯的美味。

首先端出來的，是西式番茄醬汁沙丁魚，微酸的口感最開胃。

『沙丁魚丸好好吃！』

『我本來是不敢吃沙丁魚的……不過這個我敢吃欸！』

吃慣高級料理而變得很挑食的長谷，竟然對琉璃子做的菜感到驚豔不已，讓我覺得好得意。這一桌子的心意不只是琉璃子給長谷的回禮，更是為了我，一起招待客人忙進忙出的心血，讓這一頓飯變得更加美味。長谷送的花被分裝在花瓶裡，裝飾著餐廳的各個角落。

『這個涼拌豆腐櫻花蝦……簡直跟料亭裡面的料理一樣，很入味耶！』

『琉璃子說，櫻花蝦和海帶芽混合能夠提出食材的菁華風味，而甜酒醃蘿蔔和芝麻油則有畫龍點睛的功用。』

秋音解說。

『哇～甜酒醃蘿蔔！原來如此……』

『要不要再添一碗飯？長谷。』

『哦，要要要！』

紫蘇奶油烤豬肉和薄蛋皮捲甜味噌牛肉讓我們白飯一碗接一碗，還搶著吃那滿滿一大盤的奶油芝麻醬涼拌春季時蔬。

『這個鯛魚天婦羅的口感真是爽脆。』

『那是清煎哦，稻葉。留著魚皮直接下鍋煎，所以才能把魚皮那麼漂亮的櫻花色保留下來，很費工夫。』

『酸酸甜甜又不膩的勾芡料理也超下飯的。』

秋音這麼說。她已經添了四碗飯了——而且直到剛才，她都還在吃饅頭。

另一張桌子上，兩個壞心的大人在喝香檳。

『真是好喝。』

畫家發出了滿足的聲音。品嘗了抹在薄餅上的魚子醬之後，詩人也喃喃地說：

『這個魚子醬也是相當昂貴的東西呢！鹹味美妙極了～』

坐在詩人旁邊的小圓向他要魚子醬吃。這是他第一次看到這種東西，所以應該覺得很稀奇吧！

『小圓寶貝，你想吃魚子醬嗎？你一定會覺得不好吃吧～』

詩人一邊這麼說，一邊在湯匙邊邊盛了一點點魚子醬，送進小圓嘴裡。小圓咀嚼了一下，立刻用力瞇起眼睛，把魚子醬從小小的嘴裡吐出來。整個餐廳爆出笑聲。

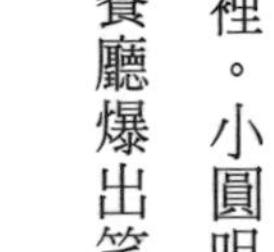

『哦哦哦！太厲害了！！正統的岩石浴池欸！』

長谷的聲音迴盪在地下洞窟溫泉裡。冉冉升起的蒸氣讓燈光顯得朦朧，濕濕滑滑的岩壁感覺就像位在不知名深山裡的神秘溫泉。呃，不過實際上，這裡很有可能就是那樣的地方。因為聽說這個地下空間的所在位置，其實和妖怪公寓完全不同。

『好厲害哦！這裡超棒的，是真正的溫泉欸！好好哦，好好哦！』

看長谷開心得像個孩子，我不禁噗哧一笑。

『幹嘛？稻葉，我是說出真正的感想啊！我可是羨慕得要命呢！吃完那麼好吃的料理之後，還可以泡溫泉，根本就是高級溫泉旅館吧？』

『哈哈哈哈！沒錯！哈哈哈哈哈！』

我終於開懷大笑了。

入夜之後，色彩繽紛的不明物體在妖怪公寓的前院緩慢地飄來飄去，這些是

沒有存在意義的單純靈氣聚集物——簡單地說，就是從有存在意義的妖怪身上散落下來、類似灰塵的東西，好像是這樣。以灰塵來說，那帶有些許哀愁的亮光倒還挺美的。

我從房間窗戶看著前院的暗處。一個輪廓發出金光的黑色人形物體在櫻花樹樹蔭下走來走去。他看起來應該沒什麼特別的事，只是因為喜歡才在那裡徘徊的吧！

嘎啦一聲，房門猛然被打開，長谷迅速跳進了房裡。

『怎麼了？』

『啊，沒有……』

長谷裝作若無其事的樣子說，不過我總覺得他的眼神有點緊張。

『長谷？』

長谷仰頭喝光了寶特瓶裡面的水，然後大大地吐了一口氣，在棉被上坐了下來。

『喂！』

我觀察著長谷的表情。他盯著我的臉看了一會兒之後，突然爆笑出聲。

『幹嘛啊？長谷。』

『……我嚇到了。』

長谷笑著說：

『我要從廁所出來打開門的時候，一個頭髮超長的女人站在我面前……沒有臉……』

『哦……那是貞子。』

我搔搔頭。應該先跟他說一聲的。貞子（假名）當然是無害的幽靈，不過外表非常嚇人。她又高又瘦，一頭黑髮長及腰際，臉上只有一張嘴巴。主要出沒的地方是廁所和浴池，大概是喜歡有水的地方吧！

『她不會怎樣……』

『嗯，我知道，稻葉。我知道啦！』

雖然嘴上這麼說，長谷的指尖還是在顫抖。我的胸口驟然冷了下來。

『但是……但是啊，你……』

『稻葉。』

長谷將手放在我的雙肩上。

『我可是第一次看到幽靈跟妖怪哦！』

『……嗯。』

『雖然聽過許多鬼故事，不過我並沒有親身體驗過，總覺得那是和自己沒關係的世界。』

『嗯……』

我也一樣。我從來沒有想過自己其實是如此靠近那個世界，而且就存在於日常生活當中。我也壓根兒沒想到自己竟然會住在這種地方。

『像我這種普通人，眼前突然出現幽靈或是妖怪……是一定會害怕的。』

『……』

『你一開始一定也很害怕吧？』

沒錯。在洞窟溫泉看到房東先生的時候，我還昏倒了。

『你……該不會一直都很害怕吧，長谷？』

『突然看到妖精啊、獅鷹、幽靈妖怪什麼的，怎麼可能有人不怕啊？那天晚上我完全睡不著呢！』

長谷說著笑了起來。

『嗯……！』

我忍不住抱住他。

『對啊！你說得沒錯。』

這次換我覺得獲得救贖了。

老實說，比起長谷說自己完全不介意，像他這樣在看到幽靈、妖怪之後坦承自己害怕，我還比較安心，因為這才是正常反應。而且，長谷真的接受了這棟公寓，此時我才更真實地感受到這一點。我的情緒變得很激動，有點想哭。

『雖然會被一些看不習慣的傢伙嚇到，不過這裡是個好地方。對吧？稻葉。』

長谷在我的耳邊，用我從來沒聽過的溫柔聲音這麼說。這傢伙溫柔的聲音，還真是噁心到讓我忍不住笑出來呢！

可是一笑……淚水也跟著就溢了出來。

突然碰到這種超乎想像的事情，如果周圍的人能夠支持我、如果連長谷都能接受的話，我覺得自己也一定能好好活下去。

直到這一刻我才了解，原來長谷接受這裡之後為我帶來的喜悅是超乎想像的……同時也發覺，我比自己想像中還要不安——無論是面對《小希洛佐異魂》，或是往後的日子。

不過……都不要緊了。

儘管之後也會有不安的情緒，或者可能再發生什麼糟糕的事，我一定都能熬過去。只要公寓裡的夥伴們和長谷都陪伴在身旁，我就能撐下去。

因為不想讓長谷看到我的眼淚，我只好一直抱著他，結果他的身體卻突然失去了力量。

『欸，長谷？』

長谷竟然睡得不省人事。看來是因為緊繃的神經終於放鬆的關係吧！他一定從那天過後，就沒能好好地平靜休息——更何況他還去國外旅行了一整個禮拜。

我小心翼翼地讓他躺下，輕輕為他蓋上棉被，怕吵醒了他。

整個房間非常安靜。美麗的發光物體緩緩飄過窗外。

光線照在長谷的臉上，他的睡臉跟小時候完全一樣。

『他好像很累呢！』

富爾從一直放在桌上的《小希洛佐異魂》裡現身。

『富爾。』

『好久不見，主人。』

矮小的介紹人又彬彬有禮地行個禮，然後他抬起頭，用力吸了一口氣。

『房間裡充滿了不錯的波動呢！』

『哦，是嗎？』

『因為這是主人散發出來的波動，我是不會看錯的。』

『是什麼樣子的波動呢？』

『美麗耀眼的波動，現在又增加了強韌和彈性。』

『哦？』

『這位大人的波動……就說它像是平靜水面上的漣漪吧！非常沉穩，非常滿足。雖然身體似乎很疲勞，不過心靈是安定的。』

『……是嗎？』

關掉電燈，拉上窗簾之後，飄蕩在窗外的昏暗光芒，看起來更富有幻想色彩了，就像靈界的燈火似的，在黑暗中微微發光。

幽暗的春夜在安穩中又帶點冷豔。我彷彿還能聽見庭院裡櫻花紛紛飄落的聲音。

『真是個美好的夜晚。』

『嗯……是很美好。』

『怎麼樣？主人，要不要聽聽妖精的搖籃曲呢？』

『妖精的搖籃曲？』

我翻開《小希洛佐異魂》的XIV（14）這一頁。

『「節制」！西蕾娜！』

『西蕾娜，吟唱咒歌的妖鳥。』

西蕾娜是一個麻雀般大小、模樣像鳥的女人。她是人面鳥身，也就是所謂的『鳥身女妖』，只有臉是人類的臉，身體全覆滿了純白的羽毛。她在黑暗之中發出朦朧的光芒。那副模樣有點可愛，卻也有點可怕。

西蕾娜發出鳥囀一般的聲音開始唱歌。

她的歌聲充滿了不可思議的震撼。那是一首沒有歌詞、只用鼻音哼出來的調子。雖然不知道歌曲的意思，旋律卻靜靜地滲透進黑暗中，我總覺得眼前似乎浮起了某個充滿異國風情的景色。

由於富爾先說了這是搖籃曲，所以我也覺得聽起來很舒服。身體好像變得輕飄飄的……

我在不知不覺間睡著了。

在夢境和現實之間，妖精的歌聲一直迴盪著。

『早！』

我和長谷在餐廳門口齊聲說。

『喲！年輕人就是有活力，真好。』
詩人、佐藤先生和山田先生笑著說。
『睡得好嗎？長谷。』
『睡得超香的。我好久沒有睡這麼沉了。』
『哦？今天早餐有吐司麵包，真難得。』
擺著飯鍋和味噌湯鍋子的餐桌上，放了平常沒有的吐司麵包和烤麵包機。
『那是長谷專用的哦！平常早餐都是吃麵包吧？』
秋音一邊吃著盛得尖尖的飯一邊說。
『特別為了我準備的？我好感動哦，琉璃子。』
琉璃子不好意思地扭著手指。傳菜檯內側放著長谷送的玫瑰護手霜。
我吃著晶瑩剔透的米飯，配上烤魚和絞肉燴豆腐。長谷則是一口氣在吐司麵包上放滿了雞蛋、培根和炒節瓜。彩色豆沙拉的漂亮顏色很有春天的感覺。
『偶爾吃吃吐司麵包也不錯。』
『因為這個奶油很好吃。』

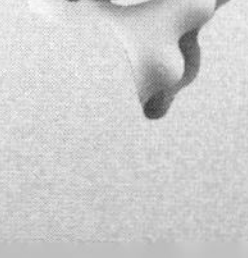

『好像飯店的自助式早餐。』

『味噌湯跟吐司也很對味哦！』

『咦，真的嗎？』

在從早上開始就很熱鬧的餐桌旁，我們一直笑著。洋蔥馬鈴薯味噌湯竟然和吐司麵包的味道很合，這讓長谷覺得很感動。

我也好久沒有體驗這麼悠哉的晨間時光了——畢竟從放春假開始，我就碰上了那種騷動。今年的春假感覺真是相當漫長。

『這裡真的是一個好地方。我還真有點不想回去呢！』

長谷一邊津津有味地喝著咖啡，一邊這麼說。

『春假期間就待在這裡吧？』

秋音若無其事地說完之後，長谷也淡淡地回答：

『這個建議聽起來不錯。』

『喂喂喂，你不要太囂張哦，長谷。我也有自己的事情要忙。』

『你有什麼好忙的？』

『就是那個啊……我還得重新開始修行……對吧，秋音？』

『那你就修你的行啊！我會在起居室裡面懶洋洋地休息的♪』

長谷對我吐舌頭。太囂張了，這傢伙太囂張了。

『你這傢伙……』

『那今天就繼續開始修行吧！』

女魔頭笑咪咪地說著，拍拍我的背便離開了。目送著她離開的長谷看起來心情很好。

『秋音還真可愛。』

『……少來了。』

結果，從我中午吟誦《般若心經》修行開始，一整個下午，長谷不但吃了美味的午餐、跟畫家熱烈討論摩托車的話題，還在溫暖的緣廊打盹，看來在妖怪公寓的生活讓他很滿足。

『喲，修行辛苦啦！』

我筋疲力竭地洗完澡回到房間，看見小圓坐在長谷的膝蓋上，聽他唸圖畫書。也太溫馨了吧！

『哎呀～該怎麼說呢？突然想體會一下「假日的爸爸」的感覺。』

『你在說什麼東西啊？』

『小圓好可愛哦！是不是鬼魂……根本無所謂。』

長谷摸摸小圓的頭，小圓則用圓滾滾的眼睛催促著長谷多讀一些。這個畫面讓我覺得很動人。這一瞬間，小圓又多了一個『爸爸』了。

晚上我們享用完美味的晚餐之後，便在起居室稍作歇息。在微微的月色照射下，櫻花紛飛，落在公寓的庭院裡。今天晚上，色彩斑斕的發光體還是在那裡飄蕩。

詩人、畫家和山田先生也在緣廊賞著花，順便喝點小酒。長谷完全被小圓給黏上了，不過他一點也沒露出厭煩的樣子。我橫躺在沙發上，舒服地釋放著全身的疲勞。今晚也是如此美好。

這個時候，舊書商回來了。

『我回來了。啊啊啊啊～累死我了！』

舊書商走進起居室之後，咚地一聲放下行李箱，裡面好像又裝了什麼東西的樣子。才剛回國就東跑西跑的，這傢伙還真忙。

『歡迎回來～』

『哦，要來一杯嗎？』

『什麼什麼～賞月酒？』

『晚上的賞花酒啦！』

『當日本人真是不錯～』

『啊，這就是舊書商先生嗎？』

『哦，你就是夕士的朋友長谷嗎？』

長谷和舊書商握手。

『您好。稻葉受您照顧了，真的……』

『哎呀～我只是負責搬搬書而已啦！倒是你，應該嚇了一跳吧？朋友住在這種地方，而且還在進行魔法師的修行。不過，這沒什麼大不了的啦！』

面對帶著微笑輕描淡寫地敘述這一切的舊書商，長谷也笑著點頭。

『如果你再早一點回來，就可以喝到這傢伙帶來的香檳王了。』

畫家笑著說。

『香檳王?!』

『而且還是陳年的哦！』

詩人也笑了。

『至少也稍微留一點給我吧！』

『我帶了三瓶來呢！全都喝光了嗎？』

『三瓶！』

『很好喝哦～♪』

『你們這些披著人皮的妖怪！』

舊書商加入之後，酒宴顯得更熱鬧了。喝了酒之後，從大人們嘴裡說出來的白痴話題和經驗談，真是非常有意思。

『我要留在這裡兩、三天哦！稻葉，可以吧？』

聽到來自長谷的『請求』，感覺還不賴。

『我不知道還會有什麼東西在這裡出沒哦！你可別嚇壞了。』

我們相視而笑。

就在這時……

咚！——突然傳來一陣衝擊。

『怎麼了？』

咚！咚！——震動是從起居室的角落傳過來的。

那裡放著舊書商的行李箱。

『行李箱……？』

我確定衝擊就是從那個行李箱傳出來的。

『哎呀呀~』

『你是不是又裝了什麼奇怪的東西在裡面？』

被畫家一瞪，舊書商只好搔搔頭。

『可能哦……這麼說來，應該是那個吧？』

看來他的心裡有底了。

『大家快靠過來。』

舊書商讓所有人都到自己的身後避難。

咚！——在一陣幾乎要讓行李箱騰空的撞擊之後，箱子突然打開了。

裡面塞滿了一顆顆『大黑球』。

『什……麼啊？』

大黑球開始蠢動，然後全部一起轉過來看著這裡。那是一堆人頭。

『哇——！』

我和長谷立刻合力抱起小圓。

頭髮凌亂、沾滿鮮血的一堆人頭，對我們張著嘴巴，開始大聲地講話。

『嗚哇——！』

好久沒看到這種讓人寒毛直豎的東西了。長谷把小圓的臉轉向自己的胸口，自己也盡量不去看那些東西，身體轉向斜前方。腳邊的小白壓下耳朵，發出了低鳴。

人頭一邊嚷嚷著，一邊從行李箱裡面滿了出來，然後不斷掉落在地板上。裡面到底放了幾顆人頭啊？

『哈哈……果然，吸了這裡的靈氣之後，它們就甦醒過來了。』

舊書商一邊摳著稀疏的鬍碴，一邊這麼說。我也激動地回他：

『你怎麼還沉得住氣在這裡分析啊？怎、怎麼辦？秋音又不在，我……』

那我呢？

我還完全派不上用場吧！最重要的是，《小希洛佐異魂》也放在二樓房間的桌子上。

那本書……要怎麼用才對？我該怎麼處理這群人頭？

舊書商看著動彈不得的我，圓框眼鏡後的眼睛笑了。

『交～給我吧♪我「舊書商」可不是只有名字好聽而已哦！』

『……』

人頭不斷從行李箱裡面湧至地板上。每一個人頭都傷痕累累、血跡遍佈，簡直慘不忍睹，而且它們好像在生氣，口中一直吐出激烈的謾罵。空氣中的陰氣漸漸擴散開來。

舊書商擋在我們前面，對著人頭群伸出左手。

接著——

『七賢人之書！』

舊書商這麼喊完，他的左手前方的空間就開始發光，在光暈上浮現的，是一本書。

『怎麼有書……？』

『阿拉多輪！』

舊書商喊完之後，浮在空中的書本前方出現了一個發出金色光芒的圖形。在圓形之中，可以看到各式各樣的符號——是魔法圓！

那個魔法圓發出了更亮的光芒，然後『啪』地一聲發動了攻勢，連串的衝擊使得空氣也在顫動。

『哇！』

我和長谷跳了起來。

下一秒——

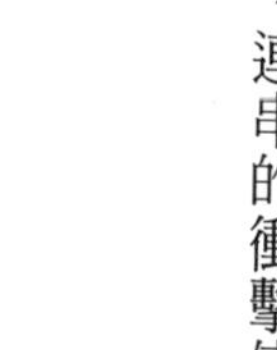

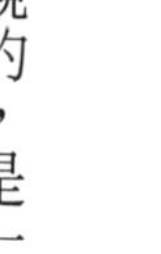

浮在空中的書和滿地的人頭都不見了，眼前只剩下打開的行李箱。

『吁！』

舊書商吐了一口氣。

我和長谷都驚訝地呆站在原地。

『舊書商先生……你究竟是……』

『嘿嘿♪』

舊書商得意地推了一下圓框眼鏡。

『古今東西的舊書我全部都有。從大文豪的作品到平裝書，一應俱全。』

他說到這裡的時候，誇張地行了一個禮，然後抬起頭。

『不過，我擅長的領域呢，就是黑書和稀有書籍。所以人們都稱我BOOK MASTER！』

『BOOK MASTER……？』

『書店老闆？』

『不是啦！是魔書使啦！魔書使！』

不是魔法使，而是魔書使。

運用書本的魔法師。

就像我是《小希洛佐異魂》的『MASTER』——主人一樣，舊書商也是魔法書的主人嗎？

『魔法師和魔法書的關係本來就是密不可分的。道行高深的魔法師都擁有自己的魔法書。其中有的魔法師透過魔法書才能施法——比如我和你——就是所謂BOOK MASTER啦！夕士。』

『……這麼說來，龍先生就沒有拿書，秋音也沒有。』

『沒錯。我們使用書和龍先生使役式鬼有點類似。我們是訂下契約，使用書裡的精靈，透過書使用書中世界的神力。』

『書中世界……』

『我的書《七賢人之書》裡面，封印了七個魔法師的力量。我可以自由使用他們的力量。』

『……』

我呆呆地看著舊書商。沒想到『前輩』就在這裡。

『為什麼你不早點告訴我？』

舊書商搔搔頭。

『因為我害羞啊！而且……』

『而且？』

『我跟你的等級完全不同吧！』

『……也對。』

的確，我連『BOOK MASTER』的邊都還沾不到。

『呼……』

長谷抱著小圓跌坐在沙發上。小圓的眼睛睜得圓圓大大的，似乎有點嚇到了。

『那些人頭怎麼來的啊？』

畫家一邊喝酒一邊問。

『是被斬首下來的武士人頭吧？』

詩人也完全不為所動，好像什麼事都沒發生過一樣。我不知道是不是該佩服他們。總之，『習慣』這種東西實在太可怕了。

『真不愧是黎明先生。』

舊書商從行李箱中拿出一本書來。那是一本繩裝的日本和紙舊書，內容是人頭和屍體大雜燴。

『是江戶時代末期的行刑圖。』

『哦，原來如此～』

『行刑圖？』

『因為以前沒有照片，所以浮世繪畫家會在刑場畫下死刑犯的屍體。換成現在的說法，應該算是死亡報告書吧！』

聽了畫家的說明，我和長谷點點頭。

舊書商啪啦啪啦地翻著書。

『因為在那個時代，沒有人權思想，所以有很多不合理的行刑。即使只剩下一顆頭但仍充滿怨念的人，應該很多吧！』

『也有人說血的部分是用屍體的血畫的。』

『哇，真的假的?!』

『和紙這種古代的東西，會讓「意念」存活更久。如果是現代的紙，最多撐個二、三十年，裡面的意念就消失了，但埋藏在古書裡的意念，即使過了幾百年，強度還是跟當初一模一樣。所以這種行刑圖、妖怪圖或幽靈圖之類的，都必須小心保管才行。』

『你明明知道，還搞出剛才的狀況？』

詩人毒舌吐槽。舊書商則是大方地笑了笑。

『哎呀～我沒想到它們竟然會「復活」嘛！還不是因為有人說無論如何都想要這種玩意兒，所以我才去批貨的。』

這種毫不緊張的態度，也是因為『習慣』的關係嗎？

話說回來，提出這種委託的白痴到底是何方神聖？得到懷有怨念的屍體圖之後又要幹嘛？真是的。我突然覺得好累。

『哎呀，我是不會叫你變得跟我一樣啦！不過你要好好加油哦！至少別被書給

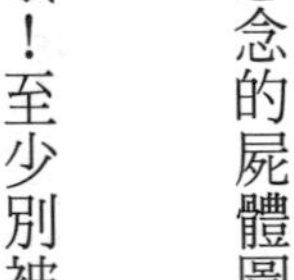

吃了，小師弟。哈哈哈！』

『師兄』拍拍我的背，不忘對我諄諄教誨。不過我倒覺得，既然入了這行，那我寧可當龍先生的師弟。

琉璃子為我和長谷送上熱紅茶，還端了杯熱可可給小圓。我的身體和心裡都溫暖了起來。

由於小圓還是黏在長谷身邊，所以我們三個男生就呈現『川』字型擠在小小的棉被裡（小白在腳邊）。

今天晚上，黑暗的房間窗邊依舊有淡淡的光暈飄浮著。小圓睡著了，發出了均勻的呼吸聲。

『……這個地方應該住不膩吧！』

從長谷的聲音聽得出他還是有些驚訝。

『我總覺得我的人生會就此改變。』

『我是已經完全改變了。』

片刻之後，長谷才忍不住嘻嘻笑著說：

『沒錯。』

然後一陣靜默充斥在安詳的空氣中。駭人的人頭彷彿不曾存在過似的。

『那就是魔法師啊……你也能變成那樣嗎？』

『誰知道？魔法師好像也分成很多種類。事實上，舊書商和秋音就完全不同，龍先生也是。』

『我也想和龍先生見見面呢！』

『沒人知道他什麼時候會回來，不過他一出現，你就看得出那是他了。』

『嗯。不管怎麼樣……』

長谷說到這裡，停頓了片刻。

『你還是你囉！』

這句話在夜的幽暗中逐漸擴散。

短暫的沉默之後，長谷平靜地開口說：

『稻葉，我這個人啊……』

『嗯？』

『很想闖出一番大事業。』

『嗯？』

『我天生就該這樣。』

『嗯。』

長谷的父親是日本首屈一指的大企業裡的重要人物，母親是大政治家的女兒，打從出生的那一刻起，他就已經擁有金錢和權力了。再加上他的頭腦聰明又有條理，長得也不錯，就算什麼事都不做，將來一定還是會變成菁英分子。

『我未來的路已經鋪好了。可是如果只是平平凡凡地在上面跑，那未免太無趣。我希望我的軌道上跑的不是普通的電車，而是超大型的重量級列車。』

不是脫離已經鋪好的路，而是善用那條路——這真是很長谷式的想法，我不禁笑了。

『組織自己能夠信賴的軍隊，靠自己的力量奪取那家大公司，建立起我們自己的王國。』

『嗯……你可以的，長谷。』

『你這麼覺得嗎？』

長谷坐起身子。

『你真的這麼覺得嗎？稻葉，我說的是轟轟烈烈的大事業哦！』

長谷這麼說。在微暗之中，他露出了我從來沒有看過的表情。

『……你會擔心嗎，長谷？』

『……我只是面對現實而已。』

長谷微微揚起嘴角。

『從現實的角度思考，就會發現這個夢想需要時間、金錢、人才和工夫，也不知道在我有生之年能不能實現。這種現實層面的考量也是不能忽視的。』

長谷聳聳肩說著。小圓的睡臉正向著他

『你的思考方式真不像個年輕人。』

我笑了，長谷也笑了。

不管夢想和理想有多麼完美，在現實生活中是不會那麼順利的。

無論多麼不合理、多麼骯髒、多麼可悲、多麼沒道理，『現實』就是那麼理直氣壯的擋在眼前。

長谷雖然出身富裕，但卻很了解現實的殘酷——從小就是如此。所以當我被現實打敗的時候，他也能理解。

正因為長谷不是個好高騖遠的人，大家才會受他吸引。

『現實主義就是我的本性，要實現理想，就必須和現實妥協……所以……有時候，我看不到夢想的盡頭。』

『……』

這可能是我第一次聽長谷說真心話……不，是喪氣話？

雖然一直以來，他都會告訴我不能對別人傾訴的不滿、不安和秘密，不過我從來沒有想過長谷會把這麼具體的『膽怯』說出口。

我不知道該如何回話才好，只能盯著天花板動也不動。

小圓的安穩呼吸聲蓋過了不安的沉默。

『你啊……』

長谷終於繼續開口了

『是我的綠洲哦！稻葉。』

『……』

『我們從一開始就很契合，一定也是因為緣分吧！就某方面來說，我的夢想是脫離現實的。收服鎮上的不良學生，自己一個人擔任大組織的首腦，在未來的某一天奪走那家大公司什麼的……』

但是，這是只有你才能描繪的夢想吧！長谷。

你有這個能力，這點我從來沒有懷疑過。

『但是你啊～稻葉，你卻面對近在眼前的現實，努力奮戰——不過你是一把鼻涕一把眼淚地努力著啦！』

『……後面那句是多餘的吧！』

在黑暗中，長谷嘻嘻笑著。

『我很喜歡那樣的你。』

『……』

『面對完全束手無策的現實，你拚命去思考、去煩惱，感到絕望甚至憤怒；可是你都能咬著牙撐過來。那種散發人性之美的感覺，我很喜歡。我在你身上看到人類的本質，很率直、很動人。』

長谷坐起來，抓住我的手，把我拉到他身邊。另一個我從沒看過的長谷的表情，距離我好近。

『看著這樣的你，我心裡才能得到平衡，所以我從來不曾邀請你到我的王國來。其實……我最希望你能待在我的身邊，當我的左右手……』

『……』

我沒想到自己竟然會聽到這種『表白』。我一直覺得長谷總是自信滿滿、絲毫不差地過著計畫中的人生。對他而言，我是完全不同世界的人，我們之間的關係也只是單純的死黨而已。

不過，似乎不是如此呢！當然，對我來說也不是這樣。

我笑了，不過看起來一定像是在哭吧！

『別說什麼喜歡不喜歡的啦！連我爸媽都沒這麼對我說過……太害羞了吧！』

長谷也笑了出來，然後他說：

『可是……』

『可是？』

『你住在妖怪公寓裡，每天跟怪物在一起，還變成了魔法師。這是怎樣？要脫離現實也該有個限度吧！』

長谷推開我，用力躺了下去。

『啊～啊，真是太無聊了！現實這種東西真是越想越無趣——』

『……』

長谷瞪了我一眼，接著他翻過身，和我面對面。

『我還是會堅持我的夢想，稻葉。』

『長谷……』

『你的身邊竟然發生了這麼令人難以置信的事。相較之下，我深深地覺得自己的夢想還算相當現實。』

他的表情終於豁然開朗了。

『嗯。』

『一定會實現的。』

他的語氣感覺更堅定了。

『嗯。』

我們用力握住彼此的手，小圓就夾在我們之間。我感覺到一股嶄新的力量充滿了我的體內，空氣似乎也和以前不同了。我打從心底覺得高興又滿足，一點也不想放開手。

『嗯，稻葉……』

『嗯？』

長谷遲疑了一下。可能還在想該用什麼話表達吧？還是根本理不清自己的思緒呢？我很想知道他接下來要說什麼，於是靜靜地等待著。

『我們啊……』

『嗯？』

長谷看著我，我也看著他。然後他摸摸小圓的頭，說：

『感覺很像一家人吧？』

『……』

這句話讓我莫名地覺得感動，莫名地。接下來，長谷說了這麼一句話：

『我是爸爸，你是媽媽。』

『……』

我用手指在他的額頭上敲了一記。

『少說這種無聊的話！』

我們安撫著嚇得跳起來放聲大哭的小圓，直到天亮才哄他入睡。

早上五點整，秋音便來到房間，毫不留情地為我進行晨練。這段期間，長谷和小圓都在甜甜的夢鄉中沉睡。

就在我進行午間修行、只能吃一片吐司麵包的時候，長谷又吃了美味的中餐，然後還在起居室裡瞎混，和詩人他們聊天打屁，過著歡樂的時光。到了晚上，又是一頓讓人食指大動的晚餐，並且泡了極樂溫泉。

長谷盡興地（那是一定的吧！）度過了在妖怪公寓的這五天。（竟然給我待了五天！）

長谷發動摩托車的引擎。

『幸好小圓不在。』

他一邊戴上安全帽，一邊惋惜地這麼說。

新學年要開始了。我們都有很多事情要忙，大概又會有一段時間不能見面了吧！

不過，我們已經不會像以前一樣緊張不安了。

雖然我們的人生都有所轉變，但我們是一起體驗這一切的，這也加深了我們之間的羈絆。雖然無法想像未來會怎麼樣，但我身邊有可以百分之百信賴的夥伴們。長谷也親身感受到了。所以，沒問題的。

『我會再來的。』

『嗯。』

『……加油哦！』

長谷用拳頭搥了我的胸口一記，我也打了回去。

長谷的摩托車揚長而去，只剩引擎聲還迴盪在我耳邊。目送著他離去，感覺這一路上又添了幾分春天的氣息，灑下來的陽光似乎還散發著花朵的芬芳。

這還是我第一次以這麼開朗的心情目送你離開呢！長谷。

我們見面的時候總是那麼快樂，每次你不著痕跡地替我著想，都讓我覺得很開心，還會罵我、鼓勵我……然而，每當和你離別時，寂寞和不安都會佔據我的心。

接下來我該怎麼辦呢？如果能夠繼續維持現狀，那我應該可以平凡地畢業、平凡地工作、平凡地過生活吧！

我也會想，不知道下次和你見面將是什麼時候？還是再也無法見到你了？

我總是渴求著某些東西。

這個『某些東西』究竟是什麼，我還不知道。雖然現在還看不見未來的路上有什麼在等待著我，不過我卻感到心滿意足。

能夠這麼平靜地目送著你的背影，真的讓我覺得很高興哦！長谷。

被貞子嚇得發抖的你，套用一句你的說法——那種『散發人性之美』的感覺，我很喜歡哦！

你告訴了我對於未來的不安。但是透過我和這棟妖怪公寓，你決定要擁有更大的夢想，這也讓我開心得不得了。

我總覺得我們兩個人，現在都站在嶄新的起跑點上了。

『要再來玩哦！小圓也會等你回來。』

我的喃喃自語乘著春天的溫暖空氣，彷彿花瓣一般在藍天中飛舞。

回到公寓，我看見秋音抱著小圓坐在緣廊上。小白則緊緊黏在他們身邊，用鼻子發出吁吁的聲音。

『他一直在鬧彆扭，好不容易才睡著。小圓寶貝超級喜歡長谷呢！』

『哈哈！』

我輕輕地摸著小圓的頭。

『放心，小圓，他一定很快就會再來的——因為爸爸也說他很喜歡你哦！』

『爸爸？』

『啊？沒有……哈哈哈！不是啦！長谷說自己很像假日的爸爸。哈哈哈！』

『啊哈哈！那夕士就是媽媽囉！』

『……』

這個女魔頭竟然心平氣和地給我笑著說出這種話。

『富爾。』

我一呼喚，代表0的富爾便在《小希洛佐異魂》上方現身。

『您叫我嗎？主人。』

他還是做了那個周到得要命的敬禮動作。富爾抬起頭，露出了滿足的微笑。

『哎呀呀！您又變得更可靠了。雖然小，可是本書也是不折不扣的魔法書。您越來越有主人的樣子，我們全都感到驕傲。』

『那還真是謝謝了。』

我露出苦笑。

『今天就要開學了。』

『哦哦，真是令人期待呢！』

『我把話先說在前頭哦！富爾，你可別像上次長谷在場的時候一樣，又突然跑出來。要是被學校那些傢伙看到，可是會引起無法收拾的大騷動的。』

『我知道了。』

雖然富爾做了一個更誇張的敬禮動作，但是我覺得他根本是故意的，完全不可信任。不過，我還是將《小希洛佐異魂》放進書包——反正就算不帶，它還是會跟過來。

從今天開始，我就是条東商校二年級的學生了。

和一年前比起來，我完全變成了另外一個人。昨天和許久未見的伯父家的惠理子見面時，她驚訝地看著我。

『你好像……變帥了呢！夕士。啊！我知道了。你交女朋友了哦？』

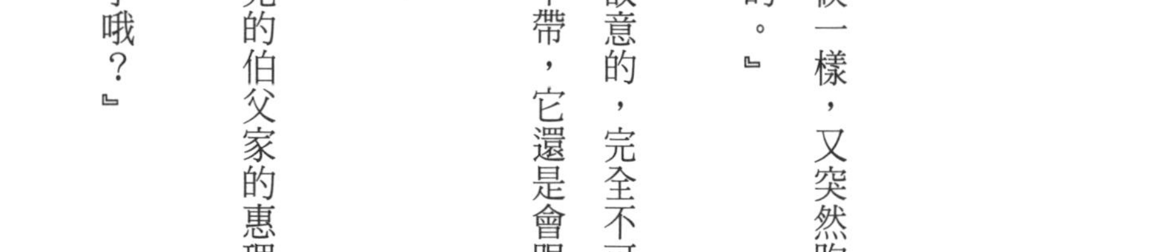

惠理子這麼說完之後便笑了出來。我也笑了。我現在已經可以和伯父家的人笑著說話了。

我改變了。自從第一次踏進妖怪公寓開始，我就一直不斷地在改變。

然後，嶄新的我出現了。

在春假期間，我竟然在做魔法師的修行，連我自己都不敢相信。要是學校那些傢伙知道的話，不知道會說什麼——光是這麼想像著，我就忍不住想笑。

鍛鍊靈力的集訓生活，就先暫時告一段落。

『早。』

我站在妖怪公寓的餐廳門口，深深低下頭。

『早啊！』

『早啊！新人魔法師。今天就開學了嘛？小心不要暴露身分哦！』

隱藏了真實身分在公司上班的佐藤先生這麼說。大家都笑了。

『遵命。』

『我想情況應該是不會有什麼太大的變化，不過總而言之，你就好好做吧！師弟。』

『是的，師兄。』

吃完琉璃子做的超級好吃的早餐之後，準備上學。

就像舊書商說的，這又不是卡通或是漫畫，不太可能突然碰到什麼奇怪的事情，不過我還是無法抑制滿腔的熱血沸騰。

嗯。

心情真好。

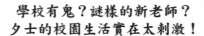

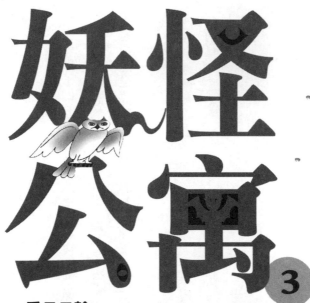

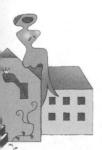

YOUNG AGE小說鮮視界！
YA!
青春滿點！活力滿載！好看滿分！

日本熱門漫畫《閃靈二人組》超強組合
聯手打造的奇幻冒險力作！

首刷隨書限量附贈：《閃靈特攻隊》精美原畫海報！

閃靈特攻隊①

青樹佑夜◎著　綾峰欄人◎圖

暗藏陰謀的神秘組織、覺醒的超能力者，
我們的現實世界，正在崩壞……

世界上真的有『超能力者』嗎？這對身為平凡中學生的我而言，簡直是難以置信的事啊！但、但、但，那個出現在我房間的裸體美少女，絕對不可能是幻覺吧?!什麼？妳說這叫做『靈魂出竅』，是超能力的一種？還說妳和夥伴們正被一個叫做『綠屋』的神秘組織追捕，需要我的幫助？

好吧……心中湧起了平常沒有的膽量。就算真的被幽靈誘惑也無所謂，我的好奇心已經戰勝一切了！可是，在看到她那奄奄一息的夥伴，還有兩個拿槍衝進來的男子之後，我、我可以反悔嗎？這種刺激的生活真的不適合我啊……

國家圖書館出版品預行編目資料

妖怪公寓/香月日輪著;紅色譯. -- 初版.
-- 臺北市：皇冠, 2008.07-　冊；公分.
-- (皇冠叢書;第3749種-)(YA！；001-)
譯自：妖怪アパートの幽雅な日常2
ISBN 978-957-33-2437-9 (第1冊；平裝) --
ISBN 978-957-33-2467-6 (第2冊；平裝)

861.57　　97010455

皇冠叢書第3784種
YA！007

妖怪公寓②

妖怪アパートの幽雅な日常 2

作　　者—香月日輪
插　　畫—佐藤三千彥
譯　　者—紅色
發 行 人—平雲
出版發行—皇冠文化出版有限公司
台北市敦化北路120巷50號
電話◎02-27168888
郵撥帳號◎15261516號
皇冠出版社(香港)有限公司
香港灣仔駱克道93-107號利臨大廈1樓
電話◎2529-1778　傳真◎2527-0904
出版統籌—盧春旭
責任編輯—丁慧瑋
版權負責—莊靜君
外文編輯—蔡君平
美術設計—許惠芳
行銷企劃—何曉真
印　　務—林莉莉
校　　對—余素維・邱薇靜・丁慧瑋
著作完成日期—2004年
初版一刷日期—2008年10月

法律顧問—王惠光律師
有著作權・翻印必究
如有破損或裝訂錯誤，請寄回本社更換
讀者服務傳真專線◎02-27150507
電腦編號◎515007
ISBN◎978-957-33-2467-6
Printed in Taiwan
本書定價◎新台幣180元/港幣60元

2009

1

S	M	T	W	T	F	S
				1	2	3
4	5	6	7	8	9	10
11	12	13	14	15	16	17
18	19	20	21	22	23	24
25	26	27	28	29	30	31

2

S	M	T	W	T	F	S
1	2	3	4	5	6	7
8	9	10	11	12	13	14
15	16	17	18	19	20	21
22	23	24	25	26	27	28

3

S	M	T	W	T	F	S
1	2	3	4	5	6	7
8	9	10	11	12	13	14
15	16	17	18	19	20	21
22	23	24	25	26	27	28
29	30	31				

4

S	M	T	W	T	F	S
			1	2	3	4
5	6	7	8	9	10	11
12	13	14	15	16	17	18
19	20	21	22	23	24	25
26	27	28	29	30		

5

S	M	T	W	T	F	S
					1	2
3	4	5	6	7	8	9
10	11	12	13	14	15	16
17	18	19	20	21	22	23
24	25	26	27	28	29	30
31						

6

S	M	T	W	T	F	S
	1	2	3	4	5	6
7	8	9	10	11	12	13
14	15	16	17	18	19	20
21	22	23	24	25	26	27
28	29	30				

2009

7

S	M	T	W	T	F	S
			1	2	3	4
5	6	7	8	9	10	11
12	13	14	15	16	17	18
19	20	21	22	23	24	25
26	27	28	29	30	31	

8

S	M	T	W	T	F	S
						1
2	3	4	5	6	7	8
9	10	11	12	13	14	15
16	17	18	19	20	21	22
23	24	25	26	27	28	29
30	31					

9

S	M	T	W	T	F	S
		1	2	3	4	5
6	7	8	9	10	11	12
13	14	15	16	17	18	19
20	21	22	23	24	25	26
27	28	29	30			

10

S	M	T	W	T	F	S
				1	2	3
4	5	6	7	8	9	10
11	12	13	14	15	16	17
18	19	20	21	22	23	24
25	26	27	28	29	30	31

11

S	M	T	W	T	F	S
1	2	3	4	5	6	7
8	9	10	11	12	13	14
15	16	17	18	19	20	21
22	23	24	25	26	27	28
29	30					

12

S	M	T	W	T	F	S
		1	2	3	4	5
6	7	8	9	10	11	12
13	14	15	16	17	18	19
20	21	22	23	24	25	26
27	28	29	30	31		

©香月日輪／佐藤三千彥　Ⓟ皇冠文化集團　隨書附贈‧非賣品

妖怪公寓

妖怪公寓